BBC

DOCTOR WHO

PIOGGIA DI DIAMANTI

MIKE TUCKER

TRADUZIONE DI MATTEO CRIVELLI

ARMENIA

Doctor Who: Diamond Dogs
Pubblicato nel 2017 da BBC Books, un marchio di Ebury Publishing.
BBC Books è parte di "The Penguin Random House group of companies".

Doctor Who è una produzione BBC Wales per BBC One.
Produttori esecutivi: Steven Moffat e Brian Minchin

Via Milano 73/75, 20010 Cornaredo (Mi)
tel. 0299762433 - fax 0299762445
www.armenia.it
info@armenia.it

Finito di stampare nel mese di settembre 2017
presso la LEGO Spa, Lavis (TN)

A Sue e Steve

Prologo

Gli anelli di Saturno erano uno spettacolo che Laura Palmer non si stancava mai di ammirare. Aveva ventitré anni quando li aveva visti per la prima volta, poco più che una novellina di ritorno dalla sua prima missione in un mondo esterno. Aveva trascorso un anno nel programma di addestramento della Federazione, assegnata a un battaglione di pacificazione per fare un'esperienza che il suo comandante aveva definito, servendosi di un eufemismo, *"farsi le ossa sul campo"*. Aveva dovuto respingere un'incursione di Ogron nel territorio della Federazione e un assalto allo shuttle che trasportava le scorte di cibo destinate alla colonia Davy Crockett nel sistema Sirius-B. Risolvere quelle questioni era stato talmente facile e rapido che le altre reclute lo avevano considerato poco più che un diversivo. Dal canto suo, Laura aveva pensato che fosse un'incredibile perdita di tempo e aveva seriamente considerato l'idea di abbandonare l'intero programma di addestramento. Fu quello che accadde durante il suo viaggio di ritorno verso la Terra che le fece cambiare idea. Il convoglio con cui stava viaggiando aveva fatto una sosta non prevista su Titano, per rifornirsi di carburante ed effettuare delle riparazioni. Alcuni micro meteoriti avevano ammaccato il rivestimento esterno dei reattori al plasma di diverse navicelle mentre attraversavano la cintura di Kuiper e se il danno non fosse stato riparato rapidamente il proseguimento del viaggio sarebbe stato messo a repentaglio. Quando sul ponte della nave venne dato annunciato un ritardo di circa sette ore, Laura avrebbe voluto urlare per la frustrazione. Tuttavia, appena usciti dall'iperspazio nell'orbita di Saturno, le bastò dare un'occhiata fuori dal finestrino accanto al suo sedile per cambiare la sua vita per sempre.

Naturalmente, Laura conosceva già Saturno; aveva visto diversi documentari e filmati durante il corso di addestramento, ma nulla l'aveva preparata alla brutale bellezza dello spettacolo offerto dal pianeta visto da vicino. Il gigante di gas era davvero impressionante, un'immensa sfera che pulsava di luce, con la superficie che rifletteva il bagliore del sole lontano e le scariche elettriche generate dalle tempeste che crepitavano e baluginavano negli abissi di quel paesaggio fatto di nuvole. Eppure, furono gli anelli toglierle letteralmente il fiato. Circondavano il pianeta come ali enormi ed eteree, che sembravano estendersi all'infinito. Solo quando le altre reclute intorno a lei erano scoppiate a ridere aveva realizzato che la sua bocca era rimasta aperta per lo stupore. Quelle sette ore che inizialmente le erano sembrate una condanna a morte erano trascorse in un battito di ciglia. Mentre i suoi compagni camminavano nervosamente per il corridoio della navicella per il trasporto truppe lamentandosi e imprecando, stuzzicandola e provocandola, Laura era rimasta incollata al sedile con il volto premuto contro il finestrino, intenta a osservare quello spettacolo caleidoscopico fatto di cristalli di ghiaccio e rocce che roteavano e vorticavano con una grazia e un'eleganza incredibili.

Una volta terminate le riparazioni, la navetta per il trasporto truppe aveva iniziato a lasciare l'orbita per prepararsi al salto spaziale, diretta verso la Terra. Mentre gli anelli scivolavano fuori dal suo campo visivo Laura aveva avvertito una fitta di dolore quasi insopportabile. Era stato allora che aveva giurato a se stessa che sarebbe ritornata su Saturno per vivere su quel pianeta.

Una volta fatto ritorno sulla Terra, Laura si dedicò totalmente al suo addestramento, superando di gran lunga le altre reclute nei tre anni successivi e diplomandosi all'Accademia della Federazione con merito. Questo le permise di scegliere tra le varie sedi di assegnazione offerte dalla Federazione e il suo ufficiale di riferimento rimase piuttosto sorpreso quando optò per il complesso 27 della Kollo-Zarnista.

Laura ricordava ancora l'espressione perplessa dell'ufficiale quando l'aveva convocata nel suo ufficio. Frank Gammadoni era stato gentile con lei durante gli anni dell'addestramento e il minimo che lei potesse fare era spiegargli le motivazioni della sua scelta inaspettata.

Quando Laura entrò nella stanza, il Datapad sulla scrivania dell'ufficiale mostrava la sua richiesta di assegnazione. Non era ancora stata siglata, anche se era ovvio che l'uomo doveva averla letta e riletta. L'ufficiale le fece cenno di accomodarsi, quindi si mise a esaminarla per l'ennesima volta.

"Kollo-Zarnista?" disse, inarcando lentamente le sopracciglia curate con aria incredula. "Palmer, hai idea di che tipo di comlesso sia?"

"Certo, Signore."

"Bene, te lo dirò lo stesso. È un vicolo cieco, un lavoro da balia... Ed è talmente al di sotto delle tue capacità che..."

"Non si tratta di *quello* che è, signore." Laura non riusciva a credere di aver avuto il fegato di interromperlo in quel modo. "Ma di *dove* si trova."

"Ah..." commentò il Colonnello Gammadoni, con uno sguardo comprensivo. "Saturno..."

"Signore, se mi permette di spiegare..."

"Non è necessario." Questa volta fu il Colonnello a interromperla. Appoggiò di nuovo il Datapad sulla scrivania, spinse la sedia all'indietro, si alzò e raggiunse la grande finestra panoramica che mostrava i grattacieli di New York spazzati dalla pioggia. Trascorsero diversi secondi prima che ricominciasse a parlare col suo accento italoamericano caldo e avvolgente.

"Avevo più o meno la tua stessa età quando vidi Saturno per la prima volta. Ero un volontario a bordo di un rimorchiatore assegnato alla ricostruzione della piattaforma di rifornimento su Titano, dopo il grande incendio del 5012. Sei mai stata su Titano, Palmer?" Senza attendere la sua risposta, l'uomo proseguì. "È tutto marrone. I corridoi della base, le uniformi, il terreno, il cielo, persino l'aria... I tre mesi che trascorsi laggiù furono un vero inferno." Fece un'altra pausa, indugiando su ricordi vecchi di trent'anni.

"Il capo della mia squadra doveva essere stufo marcio di vedere la mia faccia depressa dal mattino alla sera. Crocker era un vero personaggio; calvo come un uovo, senza un occhio e con un braccio meccanico che si guastava una volta alla settimana. Aveva vissuto quasi sempre sulla frontiera. Un giorno, mi afferrò per una spalla, mi gettò dentro una capsula spaziale e mi spedì a dare un'occhiata agli anelli."

Il Colonnello si interruppe ancora, poi si voltò e senza aggiungere altro sollevò il Datapad, apponendo sulla richiesta la sua firma digitale.

"Assegnazione approvata."

Erano passati quattro anni da quel giorno e Laura stava per iniziare un altro anno come Ufficiale di Collegamento della Federazione, assegnata al complesso minerario della Kollo-Zarnista. Il quarto anno di vita e di lavoro vicino a Saturno... e sfortunatamente la sua quarta visita su Titano. Il problema era che per raggiungere Saturno era prima necessario trascorrere del tempo su quel pianeta. Laura era arrivata a bordo di una delle navi da trasporto la notte precedente. Non appena atterrata, aveva mostrato il suo tesserino di riconoscimento al supervisore della base, aveva consegnato il bagaglio alla squadra di carico e aveva registrato il suo g-Taser al dipartimento di sicurezza. Quindi si era diretta all'area relax per ammazzare il tempo in attesa di affrontare l'ultima parte del viaggio...

Quando Laura attraversò la porta del bar scarsamente illuminato, diverse teste si voltarono per osservarla, distogliendo lo sguardo non appena videro il distintivo della Federazione sul suo berretto e la sagoma scura del g-Taser che spuntava dalla cintura. A volte la paura dell'autorità si rivelava una vera benedizione.

Afferrò un menù dal bancone e ordinò un sandwich con carne salata e una birra. Il barista evitò di guardarla negli occhi, versò la birra in silenzio e le allungò un panino dall'aspetto decisamente misero, rivolgendole un'occhiata nervosa e diffidente. All'uomo chiaramente non piaceva che il suo bar fosse frequentato dal personale assegnato alla sicurezza.

Laura pagò il pasto con il chip che si trovava nel suo polso e trangugiò una sorsata dal boccale. Una volta placata la sete, si sistemò accanto a una finestra, si tolse il berretto e sciolse i capelli. Si guardò intorno e sorrise. Il Colonnello Gammadoni aveva assolutamente ragione su una cosa: Titano era proprio marrone. Le squadre di ricostruzione avevano fatto del loro meglio per mascherare i moduli prefabbricati e la roccia nuda di quella struttura, ma lo squallore e l'immaginazione limitata della compagnia che aveva realizzato quegli edifici permeavano ogni cosa.

Laura bevve un altro sorso e lasciò vagare lo sguardo sul paesaggio oltre il triplo vetro della finestra, osservando la nebbia spessa che vagava pigramente sulle dune di Titano. Piegò la testa da un lato e scrutò oltre le parabole dei radar e i dispositivi elettronici che incorniciavano il margine della base. Al di sopra di quelle nuvole basse e torbide si trovava Saturno.

Laura chiuse gli occhi. Mancavano solo poche ore…

Fu solo quando il clamore assordante della sirena che dava il segnale di imbarco la fece scattare in piedi di soprassalto che Laura realizzò di essersi appisolata. Maledicendo la sua mancanza di disciplina, si allontanò dal tavolo, raccolse in fretta il berretto e gettò via il panino lasciato a metà. Attraversò in fretta il bar, precipitandosi nel corridoio esterno. Una decina di persone, probabilmente personale assegnato alle miniere, si stava dirigendo verso la zona di imbarco e tra loro Laura scorse un paio di figure familiari. Accelerò il passo e le raggiunse.

"Jenny! Arcon!"

"Laura." Jenny Flowers la strinse calorosamente tra le braccia. "Non pensavo che saresti tornata tanto presto."

"Scherzi?" intervenne Arcon, sorridendo e arruffandole i capelli con la sua mano imponente. "Non se ne sarebbe nemmeno andata, se avesse potuto."

Laura schiaffeggiò la mano del colosso africano, fingendo di essere infastidita. "Almeno sono tornata perché l'ho scelto io. Ogni anno mi dite che ve ne andrete a stare in un posto migliore di questo, ma vi ritrovo qui ogni volta."

"Ah, ma quest'anno andrà diversamente" rispose Arcon, indicando la targhetta sulla sua tuta.

Laura osservò attentamente il suo distintivo e inarcò un sopracciglio. "Qualcuno è stato così stupido da nominarti Supervisore?"

"Una donna dotata di grande gusto e intelligenza" commentò Arcon, rivolgendo a Jenny un ampio sorriso. Jenny figurava tra i responsabili della miniera della Kollo-Zarnista e non era certo un segreto che tra lei e Arcon ci fosse qualcosa di più di un semplice rapporto di lavoro.

Laura abbracciò Arcon. "È grandioso, sono davvero felice per te." Poi, fu colpita dalle implicazioni di quella promozione. "Quindi, hai davvero intenzione di lasciare Saturno?"

Arcon fece spallucce. "Non ci sono posti liberi da Supervisore, da queste parti. A meno che Delitsky non stia pensando di andare in pensione alla svelta. Però, cercano qualcuno su Giove."

"Oppure Nettuno, se le voci sono vere" aggiunse Jenny, con un sospiro di preoccupazione che indicava come non fosse certo entusiasta della prospettiva.

L'atteggiamento gioviale di Arcon scomparve immediatamente. "Nettuno è fuori discussione" tagliò corto.

Seguì una pausa imbarazzante, durante la quale Laura non disse nulla. A dire il vero, lei aveva visto le valutazioni del piano della sicurezza per una possibile miniera su Nettuno e si trattava di una eventualità molto più concreta di quanto Arcon non immaginasse. Inoltre, era l'incarico più pericoloso dell'intero sistema solare e gli ufficiali della Federazione stavano già litigando sui costi che mantenere un avamposto di sicurezza in quel luogo avrebbe comportato. Se la Federazione avesse deciso di andare avanti con il progetto, allora Jenny avrebbe avuto tutte le ragioni di essere preoccupata per Arcon.

Ogni ulteriore discussione sull'argomento fu impedita dal suono di un'altra sirena, seguita dal sibilo dei pistoni idraulici che azionavano l'enorme porta pressurizzata davanti a loro, rivelando lo shuttle al di là di essa. L'astronave era a dir poco antica; lo scafo un tempo immacolato era segnato dalle cicatrici lasciate dalle decine di meteoriti che lo avevano colpito ed era rivestito da uno strato dello stesso fango scuro che ricopriva Titano.

Le grandi porte si aprirono fino ad arrestarsi con un tonfo che fece tremare il pavimento. La piccola folla di passeggeri impazienti si affrettò a oltrepassarle, avanzando attraverso l'intrico di cavi che pendevano per tutto l'hangar, dirigendosi verso la scaletta che li avrebbe condotti direttamente nel ventre dello shuttle.

Laura si ripromise di rintracciare di nuovo Jenny e Arcon dopo aver fatto rapporto alla base, quindi si diresse in fretta al posto che le era stato assegnato e allacciò le cinture. Il pilota doveva essere tenuto a rispettare una tabella di marcia molto rigida perché, non appena l'equipaggio di terra ebbe finito di controllare l'ultimo dei passeggeri, lui abbassò le luci della cabina e iniziò a ritirare la scaletta. Non appena terminata l'operazione, una voce rauca ed elettronica risuonò all'interno dello shuttle.

"Tutto il personale di terra lasci la zona immediatamente. Conto alla rovescia per la depressurizzazione in corso. Ripeto: conto alla rovescia per la depressurizzazione in corso."

Alcuni istanti dopo, la navicella vibrò intensamente quando gli ultimi residui di atmosfera respirabile lasciarono l'hangar per essere risucchiati nello spazio. Laura avvertì un familiare senso di vuoto allo stomaco, quando la piattaforma di lancio cominciò la sua salita verso il portellone che separava l'hangar dall'atmosfera tossica di Titano.

Laura infilò una mano in tasca, afferrò il minuscolo ricevitore che vi si trovava e lo inserì nell'orecchio destro, regolandolo sulla frequenza del controllo di volo. Fu assalita immediatamente dallo scambio di comunicazioni tra il pilota e la squadra di controllo, così abbassò il volume per ridurlo a poco più di un tenue sottofondo. Tenere sotto controllo quel tipo di comunicazioni non faceva certo parte dei suoi compiti, ma ormai era diventato una sorta di rituale prima del lancio. Le piaceva considerarlo una specie di bonus, ecco tutto.

"Trasporto Glamorgan, qui è il controllo di volo di Titano. Tutto in regola sul mio display. Traiettoria di lancio libera. Dispositivo di navigazione per la Kollo-Zarnista attivato."

"Grazie, Titano. Cavi di ormeggio sganciati. Adesso alziamo gli scudi anti-radiazione."

"Ricevuto, Glamorgan. Portellone dell'hangar aperto in cinque. Quattro. Tre. Due. Uno. Pronti per il lancio. Buon volo."

Con un ruggito assordante che inghiottì ogni voce nelle orecchie di Laura, i motori principali dello shuttle si attivarono e lei si trovò schiacciata contro lo schienale del sedile, mentre la navicella veniva proiettata attraverso le fitte nuvole di Titano.

Laura rivolse la sua attenzione al minuscolo finestrino accanto a lei. Nubi di vapore e torrenti di metano liquido rigavano il vetro, mentre l'astronave si divincolava dalla presa dell'atmosfera. Le nuvole soffocanti si assottigliarono gradualmente, poi, all'improvviso, scomparvero del tutto e fuori dall'oblò ci furono solo le stelle che ammiccavano nella fitta oscurità.

Il paesaggio spaziale scorreva davanti ai suoi occhi mentre lo shuttle si inclinava progressivamente e Laura trattenne il fiato, aspettando di godere di quella vista che aveva sognato ripetutamente negli ultimi tre mesi.

Il pianeta entrò lentamente nel suo campo visivo, enorme e meraviglioso. Non c'era nulla di simile a Saturno, in tutto il sistema solare.

Laura emise un lungo sospiro di soddisfazione.

Era a casa.

Capitolo Uno

Il complesso minerario 27 della Kollo-Zarnista fluttuava tetro e immobile tra le nubi vorticanti di Saturno. Era largo quasi cinquecento metri e ospitava oltre trecento persone tra minatori e personale di supporto. Ormai, era in piena attività da almeno quindici anni.

Aveva l'aspetto di un disco ampio e spesso, alto venti piani e rivestito da pareti lisce prive di elementi distintivi, interrotte solo da quattro grandi invertitori gravitazionali, posizionati in punti equidistanti lungo la sua circonferenza. Questi ultimi assomigliavano a delle grosse pigne e la loro forma strana e bulbosa, dall'architettura palesemente non umana, strideva decisamente con l'aspetto del resto della stazione. Ciascun invertitore era costituito da una serie di piastre sovrapposte che ruotavano continuamente per compensare l'immensa attrazione gravitazionale esercitata dal pianeta sotto di esse. Ogni tanto, il loro movimento incessante rivelava un bagliore verdastro e inquietante che si agitava all'interno dei macchinari alieni. Appena al di sotto del disco principale, si trovava un intrico di moduli di comando e di supporto, dominato dai quattro enormi argani che costituivano il cuore della struttura.

All'interno della sala di controllo principale, il Trivellatore Capo Jorgen Delitsky continuava a lanciare occhiate impazienti al suo orologio, mentre ogni secondo lo portava sempre più vicino all'inizio delle operazioni di scavo giornaliere. Lo shuttle era in ritardo sulla tabella di marcia e questo significava che anche il primo turno sarebbe iniziato oltre l'orario stavilito. Non era proprio il giorno adatto per un simile imprevisto.

Guardò di sfuggita il punto in cui Nettleman e Rince si trovavano in piedi davanti al pannello di controllo principale. I due dirigenti della miniera Kollo-Zarnista erano arrivati due giorni prima per svolgere quella che continuavano a chiamare una *indagine urgente*, ma per quanto ne sapeva Delitsky da quando erano giunti sul posto non avevano fatto altro che stargli tra i piedi e far perdere un sacco di tempo a tutti. Avevano preteso di visionare l'intera struttura, avevano indetto decine di riunioni con altri dirigenti per esaminare i grafici e rivedere gli accordi sulla sicurezza; infine, avevano trascorso il resto del tempo a chiedere un caffè ogni cinque minuti e a distogliere il personale dallo svolgimento dei propri compiti.

Persino adesso, mentre chiunque altro avrebbe dovuto concentrarsi sulla propria mansione, i due uomini della compagnia stavano chiacchierando con la squadra di estrazione, come se si trovassero a un ricevimento. Claire Robbins, l'addetta al monitoraggio, aveva a malapena dato un'occhiata agli schermi negli ultimi dieci minuti. Era il momento di intervenire.

"Robbins!" schioccò la voce di Delitsky, fendendo l'aria come una frusta.

Robbins trasalì e ruotò immediatamente la sedia per tornare a dedicarsi ai comandi che aveva trascurato. "Mi dispiace, capo."

Delitsky notò con soddisfazione che il sorriso era scomparso dai volti di Nettleman e Rince. Era arrivato il momento di chiarire chi comandava in quel posto. "Sto ancora aspettando l'ETA di quello shuttle!"

"Subito."

Si mise ad armeggiare freneticamente con i comandi. "Abbiamo agganciato lo shuttle con il nostro raggio. Il canale gravitazionale è stabile. Attracco stimato in zero meno sette."

Delitsky si rabbuiò per l'irritazione. Sette minuti di ritardo rispetto al previsto. Niente di buono, per nessuno di loro. Si rivolse alla figura minuta in tuta grigia, china sul pannello di controllo accanto a lui. Jenloz era un Cancri ed era responsabile del collegamento con la miniera, incaricato di controllare il funzionamento e la manutenzione dell'equipaggiamento non umano. Al momento, svolgeva anche il ruolo di Ingegnere Capo.

"Non possiamo fare nulla per velocizzare le operazioni, Jenloz?"

Il piccolo Cancri gli rivolse uno sguardo interrogativo. "In che senso?"

"Sai benissimo quello che voglio dire" borbottò Delitsky a bassa voce. "Modifica le impostazioni del condotto gravitazionale e porta qui quello shuttle un po' più alla svelta."

Jenloz scosse il capo platealmente e i suoi occhi verdi brillarono per il divertimento, simili a smeraldi. "Davvero, capo? Sa bene quando sia rigido il regolamento riguardo alle procedure di compensazione della gravità. È sicuro di voler infrangere le regole sotto gli occhi dei capoccioni della compagnia?"

Il volto di Delitsky si contrasse in un ghigno tirato. "Potrebbe anche essere divertente vedere che faccia faranno, quando capiranno che lo shuttle sta piombando verso l'attracco a tutta velocità, ma probabilmente hai ragione tu, meglio di no."

"Potrei effettuare una piccola modifica, capo. Mi lasci vedere cosa posso fare per recuperare qualche minuto."

"Fantastico, Jenloz. Ricordati di avvertire Tobins."

Gerry Tobins era il pilota storico del *Glamorgan* e Delitsky sapeva che non aveva nulla in contrario a infrangere qualche regola, se andava a vantaggio delle sue statistiche di puntualità.

Mentre il piccolo Cancri si dava da fare a regolare le impostazioni gravitazionali, Delitsky si voltò verso il resto della sua squadra. "Ascoltate, gente. L'attracco dovrebbe avvenire entro sette minuti. Voglio che la squadra di ionizzazione sia pronta a scattare non appena avremo ricevuto conferma dell'attracco. Niente scuse!"

La sala comandi si animò improvvisamente, mentre ciascuno seguiva le proprie operazioni di routine. Ignorando deliberatamente i due rappresentanti della compagnia, Delitsky scese i gradini che conducevano alla postazione di controllo, scivolò dentro uno dei sedili e infilò un trasmettitore nell'orecchio.

Sotto di lui, nell'hangar totalmente illuminato, la sagoma tozza e grigia della capsula mineraria destinata a ospitare il personale era racchiusa nella sua struttura di supporto, in attesa che il portellone si aprisse per cominciare la sua lunga discesa attraverso l'atmosfera di Saturno. Come la miniera stessa, anche il modulo sferico ricordava la forma degli invertitori gravitazionali conici aggrappati alle pareti metalliche della stazione come strani funghi alieni che emanavano un lucore verde e malsano. Diversi tecnici dentro a delle tute sigillate ermeticamente si affrettavano come tante formiche, controllando le giunture ed effettuando le modifiche necessarie.

Delitsky accese un interruttore sul pannello davanti a lui. "Tutto bene laggiù, Baines?"

"Certo. Sai quanto adoro la mia pentola a pressione. È il soprannome che ho dato alla mia tuta!"

Delitsky sogghignò. Gli uomini e le donne addetti alle operazioni minerarie avevano uno strano rapporto di amore e odio con le loro tute speciali progettate dai Cancri per estrarre diamanti in quelle condizioni estreme. Chiamavano loro stessi *cani da diamanti* e ognuno di loro aveva personalizzato la propria tuta con tinte forti e sgargianti, che scandalizzavano Jenloz. Roger Baines aveva dipinto la sua tuta di un rosso vivido e vi aveva fatto scrivere la parola *sgualdrina* sulla schiena. Delitsky era abbastanza convinto che l'insistenza di Jenloz per mantenere tanto elevato il livello di pressione all'interno della tuta fosse dovuto esclusivamente a quella sfacciata mancanza di rispetto per il suo equipaggiamento.

Delitsky si ricordò di come Baines si fosse lamentato del fatto che le tute fossero una precauzione eccessiva e inutile, visti gli ottimi risultati in fatto di sicurezza che la capsula aveva ottenuto durante i test; tuttavia, la compagnia assicurativa della Federazione e gli ufficiali medici della Kollo-Zarnista avevano insistito sulla doppia precauzione. Delitsky aveva assistito di persona a ciò di cui era capace la pressione di Saturno e non era stato in grado di ribattere.

La voce di Baines gli risuonò di nuovo nelle orecchie. *"Cosa stiamo aspettando, capo? Non avremmo già dovuto essere partiti?"*

"Lo shuttle è in ritardo. Prenditela con Tobins."

Baines imprecò sonoramente. *"Prima concederanno a Tobins quel trasferimento sull'orlo esterno della galassia e meglio sarà per tutti."*

"Guarda che ti sento."

Una delle spie sul pannello destinato alla comunicazione prese a lampeggiare e Delitsky premette il trasmettitore nel suo orecchio, passando su un altro canale. "Spero che tu abbia buone notizie per me, Robbins" ringhiò.

"Il Glamorgan ha appena attraccato, capo. L'equipaggio lo sta agganciando in questo momento."

"È quello che volevo sentire" rispose Delitsky, premendo di nuovo l'auricolare. Si protese in avanti e berciò nel microfono davanti a sé: "A tutto l'equipaggio, sono Delitsky." La sua voce rimbombò attraverso gli altoparlanti in tutta la sala comandi. "La navetta di trasporto ci ha già fatto partire in ritardo, quindi non voglio ricevere nemmeno una brutta notizia da nessuno di voi. Logistica, sgomberate l'hangar. Squadra ionizzazione, cominciate il conto alla rovescia." Spense il microfono e sprofondò nel sedile, osservando il personale che si affrettava a raggiungere il proprio posto, dopo aver richiuso il portellone alle sue spalle. Intanto, il conto alla rovescia procedeva in sottofondo, mentre gli schermi mostravano le misurazioni telemetriche dello shuttle. Johanna Teske, l'ufficiale medico, stava esaminando attentamente i dati riportati sul pannello di controllo all'altro capo della stanza, intenta a controllare i parametri vitali di chi si trovava all'interno della capsula mineraria.

A Delitsky piaceva Teske. In tutta la stazione, era quella che si avvicinava di più alla sua età e una delle poche a condividere il suo desiderio che tutto venisse fatto con cura e precisione. Non come quei due buffoni della compagnia. A loro interessava solo tagliare più costi possibili.

Allungò il collo per vedere dove fossero andati a finire i due dirigenti. Fortunatamente, si erano accomodati nel corridoio di osservazione, a debita distanza dalla sua squadra, che adesso era estremamente occupata a svolgere il proprio compito. Delitsky annuì soddisfatto. Bene. Con un po' di fortuna, sarebbero rimasti fuori dai piedi per le prossime ore.

Dedicandosi di nuovo al suo ruolo di supervisore, gettò uno sguardo esperto sulla strumentazione, effettuando un controllo generale. A giudicare da come stavano andando le cose, il leggero ritardo con cui erano iniziate le operazioni avrebbe avuto un impatto minimo sulla loro tabella di marcia. Jenloz aveva fatto un ottimo lavoro nell'accelerare l'arrivo dello shuttle. Per questo

Delitsky si ripromise di fare in modo che il piccolo Cancri ricevesse un bonus nella sua prossima paga.

Fece scorrere una mano sulla diagnostica dei dati meteorologici. La tempesta al di sotto della miniera si stava spostando velocemente. Premette di nuovo l'auricolare. "Spero che ti sia legato bene, Baines. Sembra che dovrai ballare un po' laggiù."

"Mi conosce, capo. Sono sempre pronto alle sfide."

"Felice di sentirlo."

Delitsky chiuse gli occhi e ascoltò la voce meccanica della stazione che scandiva inesorabilmente il conto alla rovescia. Arrivati a quel punto, la faccenda diventava seria e pericolosa. Non c'era divertimento nella voce di Delitsky. "Bene, Baines. Resta in attesa. Stiamo per sganciare la capsula tra cinque. Quattro. Tre. Due. Uno. Zero."

Delitsky osservò attraverso il vetro rinforzato le porte dell'hangar aprirsi di scatto e la sfera grigia svanire in mezzo alle nuvole ribollenti di Saturno.

In quello stesso istante, tutta la stazione venne scossa mentre i satelliti ionizzanti disseminati nell'atmosfera del pianeta prendevano vita e producevano scariche elettriche che crepitavano tra le nubi.

Un attimo dopo, cominciarono a piovere diamanti.

Capitolo Due

Il livello superiore del complesso minerario 27 della Kollo-Zarnista ospitava la camera blindata: una stanza estremamente ampia, piena dei diamanti estratti dall'atmosfera turbolenta del pianeta sottostante. C'era più ricchezza in quella camera enorme che in tutti gli altri pianeti del sistema solare messi insieme.

L'aspetto tradiva decisamente il contenuto. Il pavimento, le pareti e il soffitto della stanza avevano un colore grigio e scialbo. I contenitori cilindrici grandi quanto un vagone ferroviario disposti lungo le pareti erano piuttosto anonimi, se si ignorava l'assurda quantità di diamanti di Saturno che contenevano.

Quelle gemme erano la linfa vitale da cui dipendeva l'impero in continua espansione della razza umana. Senza di esse, la specie avrebbe perfino potuto estinguersi, intrappolata nelle retrovie della galassia, sempre più a corto di risorse. Non erano rimasti metalli preziosi sulla Terra, l'homo sapiens aveva già depredato il proprio pianeta quando stava ancora iniziando a muovere i suoi primi passi nell'universo. Marte e Venere avevano fatto la stessa fine in fretta e dato che Mercurio non offriva alcun contributo evidente alla causa dell'umanità, i signori della Terra avevano rivolto la loro attenzione ai giganti di gas.

La teoria che l'atmosfera gassosa di Giove e Saturno potesse costituire una fonte di pietre preziose mai sfruttata risaliva all'inizio del ventunesimo secolo, ma raggiungere quei pianeti era una faccenda completamente diversa. I tentativi iniziali di estrarre ricchezze da questi colossi del sistema solare non erano andati a buon fine. Tutte le missioni si erano rivelate un disastro: erano andate perdute centinaia di vite: uomini, donne e attrezzature scomparsi per sempre nei vortici di nubi, risucchiati dalla forza di gravità mostruosa di quegli immensi pianeti, spazzati via dall'esistenza.

Eppure, come i cercatori d'oro dell'antichità, i minatori erano davvero irriducibili, spronati dalle allettanti promesse di ricchezze in caso di successo e dalla disperazione crescente di una élite planetaria che avvertiva il rischio imminente di estinzione, se non fosse stata in grado di mettere le mani su quelle risorse.

La salvezza giunse grazie ai Cancri, una razza aliena che proveniva da Cygnus-A e che giunse senza intenzioni ostili (a differenza di tanti altri alieni interessati alla Terra) né sogni di conquista, ma semplicemente per offrire il proprio aiuto.

A un prezzo, naturalmente.

Anche i Cancri si stavano espandendo nell'universo e anche le risorse del loro pianeta natale tendevano inesorabilmente all'esaurimento. Tuttavia, avevano scoperto il modo di controllare la pressione e la gravità. Agli scienziati della Terra, la tecnologia che portarono parve così avanzata da risultare a stento comprensibile. Però, era esattamente ciò di cui avevano bisogno, se speravano di fare progressi nell'estrazione di quei diamanti di cui la razza umana aveva un disperato bisogno.

Così, siglarono un accordo di collaborazione, un patto commerciale tra due pianeti in cui Saturno costituiva il terreno di prova. I Cancri avrebbero svelato il modo di creare nuove leghe e materiali in grado di sopportare la pressione schiacciante del gigante gassoso e avrebbero fornito i macchinari gravitazionali necessari a tenere in orbita la miniera all'interno di quella atmosfera. Inoltre, avrebbero assicurato il supporto tecnico per mantenere in funzione gli strumenti, mentre la Terra avrebbe garantito la forza lavoro. Come ricompensa per il proprio aiuto, i Cancri avrebbero trattenuto una parte dei diamanti ricavati, sebbene la quota esatta fosse nota solo ad alcuni tra gli uomini più potenti e influenti del pianeta.

Come diversi esperti ebbero modo di osservare nel corso degli anni successivi, quando il dibattito sulla percentuale trattenuta dai Cancri divenne una questione politica delicata, la verità era che qualunque fosse quella cifra, ne valeva la pena. Senza gli invertitori gravitazionali dei Cancri non ci sarebbero stati diamanti e senza diamanti l'espansione dell'Impero Umano si sarebbe tragicamente arrestata.

Così, la partnership commerciale si sviluppò ulteriormente. Oltre alle miniere di Saturno, ora esistevano strutture estrattive su Giove e se le colonie dell'orlo esterno avessero continuato a crescere al ritmo attuale, sarebbero nate presto nuove imprese minerarie anche su Nettuno.

Tuttavia, il successo della collaborazione tra Cancri e Umani non era stato raggiunto senza intoppi. Il trasporto di simili ricchezze dalle miniere ai pianeti di origine aveva attratto inevitabilmente l'attenzione di coloro i quali ritenevano più facile impossessarsi dei diamanti senza darsi la pena di allestire una miniera. Le astronavi che trasportavano le gemme venivano ripetutamente depredate, finché le perdite dovute ai ladri di pietre preziose divennero così ingenti che i governi di entrambi i pianeti decisero che bisognava trovare una soluzione al problema.

Ancora una volta, furono gli invertitori gravitazionali dei Cancri a fornire la soluzione. Inizialmente, le spedizioni di diamanti si succedevano una frequenza settimanale, basandosi sull'idea che le pietre preziose fossero più al sicuro, una volta allontanate dalla miniera in cui venivano ricavate. Fu un giovane ufficiale della Federazione di nome Gammadoni a far notare che in realtà il punto debole erano le navi cargo. In effetti, grazie alla loro posizione particolare, erano proprio le miniere il posto più sicuro in cui conservare i diamanti. Era impossibile raggiungerle senza gli invertitori gravitazionali e dato che solo i Cancri possedevano le competenze per realizzare quelle macchine…

La nuova politica fu adottata in fretta e le miniere furono riprogettate per fungere anche da camere blindate, luoghi in cui immagazzinare i diamanti dentro stanze impenetrabili, lontano da pirati e predoni.

La camera blindata della stazione mineraria della Kollo-Zarnista era quasi piena. Presto sarebbero iniziate le prove di sicurezza per il trasferimento dei diamanti, ma per il momento la stanza era silenziosa e deserta. Il solo rumore era il leggero ronzio prodotto dagli invertitori gravitazionali: una vibrazione che produceva un tintinnio tenue e musicale, generato dai diamanti che si muovevano dentro i loro contenitori freddi e metallici.

La melodia delle gemme fu gradualmente sovrastata da un altro suono, simile a un barrito stridente, mentre un nuovo contenitore andava a unirsi agli altri all'interno della camera blindata, materializzandosi proprio al centro dell'enorme stanza circolare. Il nuovo arrivato era in realtà un contenitore piccolo e blu, dalla forma rettangolare e con una scritta sopra le porte che lo identificava chiaramente come un cabina della polizia. Un esperto di storia terrestre avrebbe potuto riconoscere quell'oggetto come un artefatto destinato a una forma di comunicazione primitiva, che precedeva l'era delle esplorazioni spaziali di quel pianeta. Tuttavia, si sarebbe sbagliato di grosso. Dietro quelle porte di legno dall'aspetto incerto, si celava una delle migliori macchine per il viaggio spazio-temporale mai realizzate; un TARDIS, una macchina del tempo del pianeta Gallifrey, in grado di raggiungere qualsiasi mondo in qualunque epoca della storia. Questo TARDIS, in particolare, apparteneva a un Signore del Tempo noto semplicemente come il Dottore. Alcuni secondi dopo la sua apparizione, una delle porte si spalancò e il volto del Dottore fece capolino attraverso di essa.

In questa incarnazione (la prima del suo ciclo vitale nuovo di zecca), il Dottore era alto, magro e allampanato, con una chioma grigia e disordinata sopra un paio di sopracciglia folte ed espressive. Dopo aver constatato di essere giunto nel luogo desiderato, uscì dal TARDIS con aria soddisfatta e si voltò.

"Andiamo, vieni fuori. Prima ce la sbrighiamo qui e prima potremo fare ritorno."

Un'altra figura apparve sulla soglia. Bill era alta e snella, con una selva di ricci nerissimi e un'espressione sveglia e curiosa. Esaminò con attenzione la stanza fiocamente illuminata. Ormai si stava abituando all'idea che viaggiare con il Dottore sul TARDIS significava sempre finire nel bel mezzo di qualcosa di pericoloso. Proprio di recente era stata inseguita da robot emoticon provenienti da un pianeta lontano in un futuro distante ed era stata quasi divorata da un pesce alieno nella Londra vittoriana.

"Dove siamo?" chiese nervosamente, uscendo dal TARDIS.

"Su Saturno" rispose il Dottore, senza alzare lo sguardo.

"Saturno, certo" disse Bill, alzando gli occhi al cielo. "Sentirai che scenata farà Nardole quando se ne renderà conto."

"Beh, non se ne accorgerà se non glielo dici."

Bill sbuffò. "Prima o poi lo capirà. Non puoi continuare a squagliartela senza che lui se ne renda conto."

Il Dottore puntò il dito ossuto verso il TARDIS. "È una macchina del tempo, ricordi? Possiamo essere indietro prima che realizzi che ce la siamo svignata."

"Sa anche questo. Non è mica stupido."

"No, ma si lascia distrarre facilmente; inoltre, gli ho lasciato un paio di riviste sull'alimentazione sana ed equilibrata, con tanto di inserto sulle potenzialità culinarie dei corn flakes."

Bill scrollò le spalle, ammettendo la sconfitta. "Allora, funzionerà sicuramente." Tirò su la zip del giubbetto di jeans, rabbrividendo per l'aria pungente della stanza e si infilò le mani in tasca, guardandosi intorno. "Saturno non mi sembra un granché" disse, tirando su con il naso.

"Ah, ti sbagli" rispose il Dottore, ruotando su se stesso e allargando le braccia. "Se solo sapessi quello che darebbe la maggior parte delle persone per essere nel posto in cui ti trovi tu in questo momento."

Bill si guardò intorno, confusa. "Una grossa stanza vuota?"

"In realtà non è assolutamente vuota."

"Ok, una grossa stanza piena di cilindri" ammise Bill, spazientita. "Continuo a non sentirmi per niente emozionata."

"Allora, forse dovresti chiederti che cosa c'è *dentro* questi cilindri."

Con queste parole, il Dottore andò dritto verso uno dei contenitori, si piegò sulle ginocchia e indossò i suoi occhiali da sole sonici. Bill sospirò. Ovviamente, il Dottore non aveva la minima intenzione di spiegarle in modo chiaro il motivo della loro visita, quindi decise di mettersi comoda e aspettare che finisse. Se avessero trovato in fretta ciò che cercavano, avrebbero potuto andarsene senza perdere altro tempo.

Diversi piani sotto di loro, nella stanza di controllo principale, Laura Palmer stava annaspando disperatamente tra le decine di rapporti e promemoria che si erano accumulati durante la sua assenza. Come al solito, la maggior parte di essi riguardava la normale routine, ma Laura fu allarmata nel notare che c'era stato un aumento delle segnalazioni di navicelle non previste nell'area.

Sorseggiò il suo caffè, con espressione corrucciata. La cosa la preoccupava. La pirateria era una delle questioni che tormentavano maggiormente i suoi superiori. All'inizio, il problema era che le navi cargo venivano sistematicamente assalite durante il loro viaggio verso la Terra, di solito non appena terminato il salto spaziale. Tuttavia, dell'aumento delle navi di scorta in quel settore, i pirati erano stati costretti a cercare altre opzioni. Due anni dopo, lo shuttle di trasporto proveniente da Titano era stato seguito da una nave Zzinbriizi dotata di dispositivo di occultamento, che aveva tentato di seguirlo fino alla stesso complesso della Kollo-Zarnista. Avrebbe anche potuto farcela, se il pilota non si fosse comportato in modo avventato, decidendo di uscire dal condotto gravitazionale. Come risultato, la nave aveva fatto un viaggio molto rapido di sola andata fino al centro di Saturno.

Naturalmente, l'accaduto non aveva scoraggiato ulteriori tentativi. La prospettiva del bottino che una scorribanda andata a buon fine avrebbe potuto fruttare era tale da rendere accettabili perfino i rischi di una spedizione suicida. Le bande di criminali che operavano intorno al gigante gassoso erano tra le meglio finanziate dell'intero sistema solare e avevano iniziato ad attirare l'attenzione di delinquenti provenienti da ogni parte della galassia. Laura non era sicura che le loro misure di sicurezza avrebbero retto contro un attacco coordinato da parte di gruppi come Rhom-Dutt o Sharaz Jek...

"Capitano Palmer?"

Laura sollevò lo sguardo e vide il Sergente Lynne Harrison in attesa davanti a lei, con il Datapad stretto tra le mani.

"Salve, Lynne. Mi scusi, ero assorta nei miei pensieri." Indicò una sedia vuota all'altro capo della scrivania.

Lynne Harrison si sedette. Aveva un'aria preoccupata.

Laura sgranò gli occhi. "Problemi, Sergente?"

"Ricorda che durante il nostro ultimo giro abbiamo discusso della possibilità di far collegare a Jenloz un analizzatore di gravità alla griglia di controllo dei sensori?"

Laura annuì. L'idea era venuta loro subito dopo che la nave Zzinbriizi aveva fallito il suo tentativo di abbordaggio. Il Cancri aveva richiesto un'analisi accurata della massa della stazione per azionare correttamente gli invertitori gravitazionali e per questo aveva fatto montare una serie di dispositivi lungo tutti gli scudi metallici che rivestivano la miniera. Era stata Lynne a far notare che quella stessa attrezzatura avrebbe potuto fungere da sistema di allarme contro gli intrusi.

"Non vorrà dirmi che qualcosa ha seguito di nuovo lo shuttle, vero?" disse Laura, allarmata.

Lynne si affrettò a scuotere la testa. "No, non penso" rispose, allungandole il Datapad attraverso la scrivania. "Tuttavia, stavo svolgendo un controllo di routine sui sensori e ho notato che i dati riferiti alla massa sono cambiati."

"Cambiati?"

Lynne annuì. "Si tratta di una variazione minima, ma è avvenuta proprio mente osservavo i dati, altrimenti non me ne sarei accorta nemmeno."

Laura raccolse il Datapad ed esaminò attentamente i grafici sullo schermo. L'aumento della massa era infinitesimale, ma era evidente. "Ha ragione. È successo circa tre minuti fa" aggiunse, aggrottando le sopracciglia. "Non è abbastanza pesante per essere una nave..."

"Vuole che dia l'allarme generale?"

"No." Laura non aveva intenzione di turbare Delitsky dopo che aveva appena rimesso piede sulla stazione, soprattutto perché era già di umore pessimo a causa del ritardo con cui era arrivato lo shuttle. Non voleva rischiare di interrompere le operazioni minerarie per qualcosa che avrebbe potuto rivelarsi un semplice errore di rilevazione...

Riconsegnò il Datapad al sergente. "Faccia in modo che il sistema effettui dei controlli e mi informi immediatamente se i dati cambiano ancora. Non appena Jenloz avrà finito il suo turno, gli ordini di fare un controllo completo."

"Sissignore" disse Harrison, scattando in piedi.

"E, Sergente..."

"Signore?"

"Si assicuri che la Pattuglia Aerea sia pronta a entrare in azione."

Harrison rivolse al suo superiore uno sguardo quasi sorpreso. Laura alzò le spalle, consapevole del fatto che la sua reazione poteva sembrare eccessiva. "Non si sa mai."

Con un cenno del capo, Lynne si affrettò di nuovo verso la sua postazione. Laura la osservò allontanarsi. Stava davvero esagerando? Un dubbio sottile si stava insinuando nella sua mente, ovvero il sospetto che il suo rientro su Saturno non sarebbe stato il tranquillo ritorno a casa che aveva tanto desiderato.

Bill stava cominciando ad annoiarsi seriamente. Che senso aveva andare in giro con un uomo che possedeva una macchina in grado di raggiungere qualunque luogo ed epoca, se poi dovevano trascorrere il tempo in un qualche freddo e buio magazzino spaziale? Non c'erano neppure dei finestrini per guardare all'esterno.

"Saturno..." disse, sbuffando platealmente e pestando i piedi nel tentativo di tenere a bada il freddo pungente.

Se anche il Dottore era consapevole della sua insoddisfazione, non lo diede a vedere. Era ancora seduto a gambe incrociate davanti al cilindro. Aveva riposto i suoi occhiali da sole sonici e adesso stava esaminando la porta con il suo cacciavite. Il ronzio acuto che riecheggiò per tutta la stanza costrinse Bill a digrignare i denti.

Bill aveva esaurito la pazienza. Si diresse a passi pesanti verso il Dottore e lo punzecchiò alla schiena con la punta dello stivale. "Pensi di metterci ancora molto?"

"Attenta!" esclamò il Dottore, rivolgendole uno sguardo di rimprovero. "Finirai per farlo scattare."

"Far scattare cosa?"

"L'allarme" rispose il Dottore. "Sarebbe una vera seccatura!"

"Quale allarme?" gridò Bill, esasperata. "Se solo ti degnassi di dirmi cosa stai facendo!"

"Sarà molto più facile mostrartelo."

Il Dottore si rimise in piedi. La afferrò per le spalle e la fece ruotare su un fianco, poi si voltò verso il cilindro e sollevò il cacciavite sonico ancora una volta.

Il ronzio acuto riempì di nuovo l'aria e lo sportello posizionato sulla parte anteriore del cilindro prese a scivolare lentamente verso l'alto, rivelando al suo interno una serie di riflessi talmente intensi da costringere Bill a socchiudere gli occhi ormai abituati alla penombra.

Lo sportello si aprì completamente e il Dottore allungò una mano all'interno del cilindro per estrarre qualcosa di piccolo e luccicante da una delle rastrelliere disposte lungo le pareti smussate del contenitore. Spense il cacciavite sonico e porse a Bill l'oggetto che aveva raccolto.

La ragazza si strofinò gli occhi per l'incredulità.

Era un diamante.

Il cilindro era pieno zeppo di diamanti!

Capitolo Tre

Jorgen Delitsky era un uomo felice. Malgrado gli inizi, il turno stava procedendo bene. Erano di nuovo tornati in pari rispetto alla tabella di marcia e le condizioni attuali facevano sperare in una giornata di lavoro particolarmente proficua. Con la coda dell'occhio, scorse gli ampi sorrisi dei due manager della compagnia che esaminavano le statistiche mostrate sugli schermi della galleria di osservazione.

Perfetto. Prima si fossero convinti che tutto andava come doveva e prima si sarebbero tolti dalle scatole. Stava per dedicarsi di nuovo alla strumentazione, quando notò Johanna Teske che attraversava la sala comandi, diretta verso di lui.

Delitsky corrugò la fronte. Era estremamente insolito che Teske lasciasse la sua postazione durante il turno. L'ufficiale medico scese la scaletta che conduceva alla capsula di controllo con eleganza e scivolò nel sedile accanto al suo. "Ha un momento, capo?"

Quella domanda bastò ad allarmare Delitsky. Non lo chiamava *mai* capo. Gettò uno sguardo nervoso alla galleria di osservazione, ma Nettleman e Rince erano troppo concentrati a calcolare i profitti per notare qualsiasi altra cosa.

"Ok, Doc. Cosa c'è?"

Teske allungò una mano verso il pannello di controllo e le sue dita affusolate danzarono sulla tastiera mentre trasferiva i dati biometrici sullo schermo di Delitsky.

"I dati di Baines sono diventati poco chiari negli ultimi dieci minuti."

Delitsky scrutò la tabella. Aveva abbastanza esperienza per notare che la pressione e il battito cardiaco di Baines erano leggermente alti, ma non sembrava esserci nulla di così preoccupante.

Era sul punto di chiedere spiegazioni a Teske, ma prima che potesse aprire bocca lei intervenne. "Prima di dire che non è niente di grave, dia un'occhiata a questo." Le sue dita volteggiarono di nuovo sui tasti, facendo apparire un grafico sullo schermo. La donna indicò diversi picchi che si innalzavano rispetto a un tracciato ondulato tutto sommato regolare. "Negli ultimi minuti, il battito cardiaco e l'adrenalina si sono alzati improvvisamente per tre volte."

"E allora? È stato un turno impegnativo. Baines sa che siamo in ritardo..."

"C'è qualcos'altro, Jorgen" lo interruppe Teske di nuovo. "Questi dati sono insoliti. È come se qualcosa gli facesse prendere un colpo, di tanto in tanto."

Delitsky conosceva Johanna Teske da molto tempo. Se lei riteneva che ci fosse qualcosa di strano, allora era il caso di darle retta. Il suo tempismo, tuttavia...

Imprecò sottovoce e disse: "Con tutti i turni che potevi scegliere..." Si premette l'auricolare. "Come va laggiù, Baines?"

"Uhm, sto bene, capo."

Delitsky si scambiò una rapida occhiata con Teske. La voce di Baines tradiva una condizione di spossatezza perfino attraverso il ricevitore. "Sei sicuro? So quanto detesti quell'armatura..."

"Non... non è la corazza."

Delitsky armeggiò con i comandi, assicurandosi che nessun altro potesse ascoltare la conversazione.

"Baines, sto per metterti in comunicazione con la Dottoressa..."

Il fatto che Baines non si fosse lamentato per quella affermazione fornì a Delitsky la conferma che c'era qualcosa che non andava.

Teske premette il suo auricolare. "Baines, qui è Teske."

"Salve, Doc."

"I tuoi parametri vitali non mi fanno impazzire, ragazzone..." Sta succedendo qualcosa di cui dovremmo essere messi al corrente?"

Ci fu una pausa...

"Non sono sicuro che mi crederebbe."

Un'altra pausa.

"Mettimi alla prova."

"Penso... Penso di aver sentito dei rumori fuori dalla capsula."

Bill ruotò lentamente su se stessa, incredula davanti alle file di cilindri luminescenti che la circondavano. Stava cercando di calcolare mentalmente quante gemme contenesse la stanza, senza riuscire a venirne a capo. La quantità di diamanti grezzi in quella camera era a dir poco sconvolgente.

Il Dottore, d'altro canto, sembrava perfettamente a suo agio. Aveva estratto una vecchia lente di ingrandimento da una delle tasche della giacca ed era intento a esaminare il diamante che aveva prelevato dal supporto.

Bill venne colpita da una folgorazione: il Dottore era già stato in quel posto.

"Lo fai spesso, vero?" gli chiese, piegando la testa da un lato e inarcando un sopracciglio.

"Come?" rispose il Dottore, senza darle troppa attenzione.

"Ho detto: lo fai spesso, vero?" ripeté Bill. "Fare la gazza ladra."

Il Dottore lasciò perdere la lente di ingrandimento e si voltò verso di lei, continuando a tenere il diamante tra il pollice e l'indice. "Il trucco è sceglierne uno della misura giusta. Se sono troppo grossi, diventano sospettosi."

"Oh, davvero?" La voce di Bill lasciò trasparire chiaramente una buona dose di sarcasmo. "Mi sorprendi. Perché mai dovresti averne bisogno?"

"Faccende domestiche."

Bill lo guardò sbigottita. "Faccende domestiche?"

"Esatto! Nardole consuma denaro a un ritmo spropositato. Continua a comprare cose. Tè, latte, rabarbaro, carta igienica... È una lista infinita."

"Ma quel diamante deve valere migliaia di sterline!"

"Usa un sacco di carta igienica!"

"Ma questo è *rubare*!"

Il Dottore alzò gli occhi al cielo per la disperazione. "Nemmeno per sogno! Mi sono solo materializzato senza farmi identificare, ho scassinato la serratura di una delle camere blindate più sicure del sistema solare e ho preso un singolo diamante in mezzo a miliardi di altre gemme. Che male c'è?"

Bill incrociò le braccia e lo fissò con sguardo accusatorio.

"Lascia che ti spieghi" sospirò il Dottore, assumendo quel tono di voce saccente che preludeva a una delle sue solite lezioni. "I diamanti che si trovano in questa stanza non sono che prodotti di scarto dell'atmosfera di Saturno. Negli strati superiori dell'atmosfera, tra le tempeste elettriche, fulmini estremamente potenti trasformano il metano in fuliggine. Quando questa ricade, viene schiacciata da una pressione crescente che la trasforma in grafite. Se si ci spinge abbastanza in profondità, la grafite si indurisce fino a produrre dei diamanti."

Bill non poteva crederci. "Quindi, stai dicendo che piovono letteralmente diamanti?"

"Esatto" annuì il Dottore. "Questa struttura è soltanto una rete gigantesca che li raccoglie e li estrae dall'atmosfera."

"Sembra piuttosto facile, detto così."

"Beh, ecco... non proprio. In realtà è terribilmente difficile e pericoloso. Tuttavia, il valore di questi diamanti è il vero motore dell'espansione della razza umana attraverso lo spazio."

"E tu sei ben contento di fare un salto qui ogni tanto per sgraffignarne qualcuno."

"Non qualcuno!" ribatté il Dottore, indignato. "Uno."

"Questa volta."

"Va bene! Diciamo uno ogni tanto." Di colpo sembrò assumere un'espressione contrita. "Immagino che *potrei* materializzare il TARDIS negli strati più bassi dell'atmosfera per afferrarne uno al volo..." Poi, quell'espressione scomparve tanto rapidamente quanto era comparsa sul suo volto. "Ma sono troppo impegnato! E poi, guarda..." aggiunse, indicando le decine di cilindri allineati lungo tutta la stanza. "Pensi davvero che sentiranno la mancanza di una singola gemma?"

Bill aprì la bocca per rispondere, ma ci ripensò immediatamente. Non avrebbe potuto dire niente per fargli cambiare opinione, così decise di risparmiare fiato.

"D'accordo, come vuoi tu."

Soddisfatto per la vittoria nella disputa, il Dottore si rimise a esaminare la gemma con cura.

Bill scrollò il capo e passeggiò per la stanza, finché non si trovò davanti al cilindro che il Dottore aveva aperto. Cominciava a pensare che il Dottore avesse un codice morale tutto suo. Un codice morale decisamente *alieno*, in effetti. Quando si trattava di qualcosa di grosso, come salvare un pianeta o sconfiggere un nemico mostruoso, le sue regole erano estremamente chiare e definite; tuttavia, quando si trovava davanti a una questione che riteneva insignificante...

Fece un respiro profondo, chiedendosi quale posto lei occupasse nella sua scala delle priorità. Era come uno di quei diamanti? Una scelta a caso tra miliardi di persone?

Miliardi.

Faceva ancora fatica a concepire cifre simili. Diamanti che piovevano dal cielo, mentre lei lottava disperatamente per tirare avanti con lo stipendio da barista. Sarebbe bastata una manciata di quelle pietre per sistemarla per sempre. Avrebbe potuto mollare quella stanza squallida da Moira e trasferirsi in un posto tutto suo, trovare un'auto, un lavoro migliore, magari una brava ragazza...

I riflessi scintillavano sulla superficie dei diamanti, dandole le vertigini. Bastava *un* diamante per cambiare tutto. Forse il Dottore aveva ragione. Forse non era così importante. Non lo avrebbe notato nessuno. Solo una pietra, in mezzo a miliardi di altre.

Senza realizzare quello che stava facendo, Bill mosse un passo in avanti e protese la mano verso una di quelle gemme luccicanti.

"Bill, no!"

Il grido strozzato del Dottore riecheggiò come un tuono nella stanza, ma era troppo tardi. Bill si riprese dal suo sogno a occhi aperti proprio quando il suo piede oltrepassò la fila di cilindri.

E il mondo esplose in una cacofonia di sirene ululanti.

Laura rimase paralizzata per lo stupore quando scattò l'allarme intrusi. Una frazione di secondo dopo, i quattro anni di addestramento all'Accademia della Federazione presero il sopravvento. Balzò in piedi e afferrò il g-Taser appeso in vita.

"Voglio due uomini all'ascensore sud. In fretta!" gridò, mentre gli ufficiali si sparpagliavano per tutta la stanza. "Sergente

Harrison, blocchi tutte le autorizzazioni all'accesso dei portelloni. Nessuno entra o esce da qui. Mi ha sentito?"

"Signorsì!"

"Voi due" continuò, indicando i due ufficiali rimasti. "Con me."

Mentre Laura si precipitava verso l'ascensore, allungò una mano e premette uno dei pulsanti del pannello di controllo posto al centro della stanza. Si sentì il tipico sibilo del gas compresso e quattro sagome di metallo lucente saettarono fuori da altrettanti scompartimenti che si aprirono sul soffitto.

La Pattuglia Aerea era stata lanciata.

Il Dottore stava fissando intensamente Bill con espressione mista di orrore e delusione; tra le due sensazioni, era la delusione quella più difficile da digerire.

"Mi dispiace" disse la ragazza, con voce rotta, allontanandosi dal cilindro con le mani alzate in gesto di scusa. "Non ho pensato a ciò che stavo facendo."

"Mi pare che tu ci abbia pensato fin troppo." Il Dottore attraversò la stanza, con il cacciavite sonico puntato verso il cilindro aperto. Prese Bill per mano e la allontanò dalla porta nel momento esatto in cui questa si richiudeva con uno schianto assordante. "Credo che dovremmo andarcene" disse, infilando di nuovo il cacciavite in tasca.

Bill annuì, seguendolo. Se il Dottore intendeva sgridarla, avrebbe potuto tranquillamente farlo in seguito.

Continuando a stringerle la mano, il Dottore la trascinò verso il TARDIS. Avevano percorso appena pochi metri quando quattro sagome metalliche sbucarono da alcuni scompartimenti nascosti nel pavimento. Il Dottore si arrestò di colpo.

"Oh..."

Bill fissò sbigottita quelle forme. Erano sferiche e grandi quanto un pallone da calcio. Il loro rivestimento metallico era punteggiato da una mezza dozzina di occhi meccanici simili a telecamere. Ciascuna di esse recava inciso uno stemma e un numero; anche se Bill non riconobbe il simbolo, l'aspetto di quelle sfere non lasciava dubbi in merito alla loro funzione. Bill deglutì a fatica.

"La polizia locale?"

"Globi di sicurezza" rispose il Dottore, senza allentare la stretta sulla sua mano. Iniziò a indietreggiare, tenendo nervosamente d'occhio le sfere, che li stavano circondando.

"Sono pericolose?"

"Solo se si infrange la legge."

"Quindi, c'è da preoccuparsi solo nel caso in cui si è compiuta un'azione incredibilmente stupida come... Oh, non saprei... cercare di rubare un diamante?"

"Esatto, una cosa del genere le farebbe diventare davvero poco amichevoli."

Bill notò che il Dottore stava tentando di pescare di nuovo il cacciavite sonico dalla sua tasca, cercando di usare il corpo di Bill per nascondere alle sfere ciò che stava facendo.

"Adesso, ascoltami bene." Il Dottore le lasciò andare la mano e le parlò sottovoce, con un tono che tradiva la sua tensione. "Quando ti dico di correre..."

Non riuscì a finire la frase.

Una delle sfere guizzò avanti con una velocità fulminea, facendo scattare una sonda metallica da uno scompartimento nascosto sulla sua corazza. Seguì un crepitio stridente, un lampo di luce azzurra e il Dottore emise un grido di dolore. Il cacciavite sonico scivolò dalle sue dita insensibili e rotolò a terra.

Alcuni istanti dopo, il pavimento risuonò del clamore prodotto dagli stivali di un gruppetto di ufficiali, che fecero irruzione nella camera blindata puntando le loro armi su Bill e il Dottore. Quest'ultimo digrignò i denti per il dolore e sollevò lentamente le mani, in segno di resa. Bill fece lo stesso.

Una donna dall'aspetto giovane, che le insegne di capitano identificavano come l'ufficiale in comando, si avvicinò loro. Il suo volto era una maschera di incredulità e continuava a spostare lo sguardo dal Dottore, a Bill, al TARDIS.

"Chi cavolo siete?"

Teske e Delitsky sgranarono gli occhi.

"Qualcosa *fuori* dalla capsula..."

"Lo so, sembra una follia, ma..."

Un rumore improvviso interruppe la comunicazione, abbastanza forte da far trasalire Delitsky. Il grafico sullo schermo subì un'impennata preoccupante e il tono di Baines salì di un'ottava.

"Lo avete sentito? Ditemi che lo avete sentito anche voi!"

"C'è stata un'interferenza, Baines, ma dubito che..."

"Porca... È tornato! Non sto scherzando. C'è davvero qualcosa fuori dalla capsula! Posso sentirlo picchiare contro lo scafo!"

"Baines!" esclamò Teske, avvicinandosi allo schermo, con tono allarmato. "Ricevuto. Ma adesso ho bisogno che tu ti dia una calmata."

"Darmi una calmata?" Baines sembrava in preda a un attacco isterico. *"Non avete sentito quello che ho detto? C'E' QUALCOSA FUORI DALLA CAPSULA!"*

La voce di Baines risuonò talmente alta nell'auricolare di Delitsky che perfino gli altri poterono sentirla. Il minatore era chiaramente terrorizzato. Diverse spie luminose presero vita sullo schermo dell'ufficiale medico quando il suo battito cardiaco schizzò alle stelle. Parecchi altri membri della squadra avevano interrotto le loro attività e stavano lanciando occhiate incuriosite verso la capsula di controllo. Avrebbero impiegato poco a capire che qualcosa non andava.

"Devi intervenire, Johanna" sussurrò Delitsky. "Sta per avere un maledetto infarto."

"Ricevuto. Ascoltami." Teske si sforzò di mantenere un tono calmo. "Sappiamo entrambi che è impossibile. Pensa bene a dove ti trovi. Non può esserci nulla fuori dalla capsula."

"Ti sto dicendo che c'è qualcosa!"

Si udì un altro strano rumore, anche più forte di quello precedente.

"Santo Cielo! Stanno per aprire il portellone." Adesso Baines stava urlando. *"Dovete fare qualcosa. Dovete..."*

Delitsky e Teske furono costretti a togliere rapidamente gli auricolari quando un'assordante scarica elettrostatica investì il canale di trasmissione. Pochi secondi dopo, l'ululato delle sirene invase la sala comandi e la voce meccanica del computer rimbombò dagli altoparlanti.

"Attenzione. Scafo della capsula mineraria compromesso. Attenzione! Scafo della capsula mineraria compromesso."

"Tiratelo su!" gridò Delitsky. "Immediatamente!"

I tecnici si affrettarono a mettere in pratica l'ordine ricevuto, azionarono i comandi di emergenza, che non pensavano avrebbero mai avuto occasione di usare. Delitsky osservò i quattro argani giganteschi nell'hangar sotto di lui iniziare a recuperare lentamente il cavo.

"Andiamo" sibilò, a denti stretti. "Andiamo..."

L'intera struttura subì uno scossone violento e improvviso, che mandò Delitsky a schiantarsi contro il pannello di controllo. Le luci nella stanza tremarono per un istante, mentre una nuova serie di allarmi si univa a quelli già in funzione.

Delitsky si rimise in piedi barcollando, stringendo il braccio dolente. Tutto intorno a lui, anche il resto della squadra stava lottando per rialzarsi. Alle sue spalle sentiva la voce acuta di Jenloz impartire le istruzioni al suo gruppo, nel tentativo disperato di stabilizzare la struttura.

Delitsky fissò sbigottito gli enormi argani dell'hangar. I cavi impressionanti stavano girando a velocità assurda e producevano una pioggia di scintille che riempiva l'aria circostante.

Era come se qualcosa stesse cercando di trattenere la capsula.

Capitolo Quattro

Il Dottore aveva fatto del suo meglio per comportarsi in modo educato, Bill ne era davvero convinta. Purtroppo, era una cosa che proprio non gli riusciva.

Le cose si erano messe male quando le guardie li avevano messi in fila contro il muro per perquisirli ed erano decisamente peggiorate quando avevano trovato il diamante in tasca al Dottore. La cosa non aiutò di certo i loro tentativi di convincerli che si trovavano lì solo per visitare la struttura.

Quando cominciarono a fare domande sul TARDIS e su come avessero fatto ad entrare nella camera blindata, la situazione precipitò. A Bill venne in mente l'episodio in cui uno studente aveva scioccamente interrotto una delle lezioni del Dottore per mettere in discussione le sue conclusioni sulla natura del tempo ciclico.

Bill scrollò il capo. Povero Derek. Ancora oggi, non poteva passare accanto alla sala conferenze senza rabbrividire...

Due addetti alla sicurezza tenevano il Dottore inchiodato al muro; entrambi sembravano ansiosi di usare le maniere forti per estorcergli qualche informazione, mentre le sfere meccaniche ronzavano intorno alla sua testa come api furiose. Bill provò quasi dispiacere per l'ufficiale piuttosto giovane che tentava di mantenere una certa compostezza. Sembrava sul punto di sbottare.

"Per l'ultima volta, ditemi chi siete e dove sono i vostri complici."

"Continuo a ripetervi che non ho alcun complice. Non ne ho bisogno. Me la cavo abbastanza bene da solo."

"Davvero?" disse il Capitano Palmer, puntando il pollice verso la sagoma del TARDIS, che sembrava decisamente fuori posto. "Se non avete complici, come avete fatto a portare quella cosa qui dentro?"

"Se solo avesse ascoltato quello che ho detto sulla natura interstiziale dello spazio tempo, magari adesso lo capirebbe! Ma, no. Non vuole sentire ragioni. Tipico atteggiamento da cervello di gelatina..."

Gli addetti alla sicurezza strinsero la presa. Bill poteva giurare che uno di loro si fosse addirittura prodotto in un ringhio. Se il Dottore non avesse fatto attenzione, gli avrebbero dato una bella ripassata. Doveva intervenire.

Mosse un passo avanti, ma la donna che la teneva sott'occhio, un sergente di nome Harrison, le mise una mano sulla spalla. "Resti dove si trova, signorina. Il Capitano Palmer si occuperà di lei a tempo debito."

"Ma finiranno per fargli del male."

"Non se si comporterà in modo ragionevole."

Prima che Bill potesse rispondere che difficilmente il Dottore li avrebbe ascoltati, l'intera stanza tremò in modo allarmante. Le guardie si scambiarono occhiate sgomente.

"Che diavolo era?"

Improvvisamente, la stanza si inclinò su un lato, mandando tutti a gambe all'aria. Bill colse l'opportunità al volo e si divincolò dalla presa di Harrison, lanciandosi attraverso la stanza che ondeggiava e cercando di raggiungere il Dottore.

"Fermatela!"

Una decina di mani tentarono di afferrarla, ma il pavimento si sollevò di nuovo e Bill sentì mancarle il terreno sotto i piedi.

Annaspò in cerca di un appiglio, ma il pavimento di metallo era come una lastra di ghiaccio. Quando capì che non c'era niente da fare, si riparò la testa tra le mani e si arrotolò su se stessa, come una palla.

Si schiantò contro la parete e l'impatto fu tale da farle tremare i denti. Intorno a lei, le scosse e le vibrazioni si stavano affievolendo e Bill realizzò che se voleva davvero approfittare di quella confusione, doveva agire subito. Si massaggiò il gomito dolorante e si rimise in piedi a fatica.

"Dottore?"

"Sono proprio dietro di te."

Bill si voltò, felice di sentire la sua voce. Il Dottore era già in piedi e impugnava uno dei taser delle guardie... Era puntato esattamente alla sua testa.

"Delitsky!"

La voce di Nettleman risvegliò Delitsky dal suo torpore. Il dirigente della compagnia mineraria lo stava fissando da sopra la postazione di controllo e aveva una brutto taglio sulla fronte.

"Che diavolo sta succedendo?"

"Mi piacerebbe saperlo."

Delitsky risalì la scaletta e lo oltrepassò urtandolo, diretto verso il punto in cui Jenloz stava gridando ordini alla squadra addetta agli invertitori gravitazionali.

"Jenloz! Siamo stabili?"

Il piccolo Cancri si voltò ed emise una serie di squittii e schiocchi che neppure Delitsky fu in grado di decifrare.

"Non fare l'isterico" tagliò corto Delitsky. "Voglio delle risposte."

"Gli invertitori gravitazionali sono stati ricalibrati e stanno tenendo" rispose Jenloz, fissandolo intensamente. "Tuttavia, un'altra scossa come quella di prima..."

"Giusto" disse Delitsky, rivolgendosi alla sua squadra. "Abbiamo un'emergenza e voglio che tutti, tranne la squadra di emergenza, sgomberino la zona.

Una quindicina di persone si alzò immediatamente e lasciò con ordine la stanza.

"Spero che la cosa non riguardi anche me e il signor Nettleman" disse Rince, avvicinandosi e squadrandolo attraverso gli occhiali.

"No, signor Rince" lo interruppe Delitsky. "Sono sicuro che la vostra *esperienza* si rivelerà estremamente utile."

Delitsky spinse da parte Rince e si diresse verso Jo Teske. L'ufficiale medico stava ancora tentando di contattare Baines all'interno della capsula.

"Baines, mi ricevi? Baines!"

"Cosa succede là sotto, Jo?"

"Non lo so." Teske era chiaramente confusa. Delitsky non l'aveva mai vista così, prima di allora. "Guarda i parametri vitali." Indicò lo schermo e Delitsky notò che avevano subito un'alterazione drammatica quando avevano perso il contatto radio, per poi precipitare a un livello che lui stesso capiva essere decisamente al di sotto della norma.

"È ancora vivo?"

"Non ne ho idea, Jorgen. Non ho mai visto dati come questi, prima d'ora. So solo che dobbiamo riportarlo qui il più in fretta possibile."

Delitsky non aveva bisogno di sentire altro e si voltò verso i suoi uomini in attesa. "Ok, stiamo per attuare un recupero di emergenza."

Le sue parole furono accolte da diverse espressioni perplesse, ma Delitsky mise a tacere in fretta i commenti che avevano iniziato a serpeggiare nella stanza.

"Sono consapevole che nessuno di voi ha mai fatto niente del genere, tranne che nel simulatore. Volete sapere una cosa? Neanche io. Dobbiamo solo seguire la procedura prevista. Adesso, vi prego di sedervi ai vostri posti e prepararvi."

Mentre Delitsky si dirigeva verso la sua postazione, Nettleman lo intercettò, parandoglisi davanti. Delitsky si fermò, senza preoccuparsi di nascondere il disgusto che traspariva dal suo sguardo.

"Signor Nettleman, vuole scusarmi?"

"Ho sentito bene? Volete iniziare un recupero di emergenza?"

"Avete sentito bene."

"Posso ricordarle, Capo Delitsky, che il recupero di emergenza è una procedura che richiede di espellere tutto il materiale presente all'interno della capsula?"

"Ne sono al corrente."

"Ma non potete..."

"Non vedo altra soluzione."

Nettleman si avvicinò a lui in modo fastidioso. Delitsky poteva percepire l'odore del suo sudore. "Ma così perderemo tutti i diamanti" sibilò. "Dovete trovare un'alternativa."

Delitsky sostenne il suo sguardo senza battere ciglio. "Non mi interessa un accidente dei diamanti! Ho un uomo in pericolo là sotto e ritengo che un recupero di emergenza sia la possibilità migliore che abbiamo per salvarlo."

"Devo ordinarglielo?"

"Signor Nettleman, in una situazione di emergenza ogni decisione relativa alla sicurezza della miniera spetta al Trivellatore Capo. *Ogni* decisione. Quindi, o vi levate dai piedi e mi lasciate fare il mio lavoro oppure userò la mia autorità per chiamare gli addetti alla sicurezza e buttarvi fuori dalla sala comandi."

L'espressione di Nettleman passò dallo stupore alla rabbia,

fino all'imbarazzo: non aveva scelta, se non quella di andarsene.

"Grazie" commentò secco Delitsky, prima di scendere la scaletta che conduceva alla postazione di controllo. Occupò il suo sedile, conscio di essersi appena fatto un nemico davvero temibile. "Siete tutti pronti?"

Nessuno ebbe da obiettare.

"Molto bene" disse, facendo un respiro profondo. "Controllo capsula: espellere la zavorra." Una fila di spie che non si accendeva mai si animò di un rosso vivido davanti a lui. Non c'era molto di cui essere orgogliosi, visto che indicavano che tre milioni di dollari in diamanti erano appena stati scaricati nell'atmosfera sottostante.

"Ritraete le antenne di comunicazione."

Un'altra fila di indicatori prese vita.

"Invertitori di gravità della capsula al minimo."

Anche l'ultima fila di indicatori luminosi si accese completamente.

"Abbassare gli schermi."

Una serie di schermi di metallo scivolò lentamente in posizione, oscurando le finestre di osservazione ed escludendo la vista dell'hangar. Delitsky riteneva che servissero solo a peggiorare le cose. Personalmente, avrebbe preferito vedere il pericolo in faccia, piuttosto che immaginarlo.

"Cominciare il recupero."

Delitsky si tenne forte. Se la cosa misteriosa che si trovava sotto di loro non avesse mollato la presa sulla capsula, allora avrebbe dovuto ricorrere alle maniere forti. Tuttavia, questa volta gli argani nell'hangar al piano di sotto girarono molto velocemente, emettendo un gemito lungo e crescente.

Robbins scandì ad alta voce il conto alla rovescia mentre la capsula veniva trainata verso di loro. "Settecento metri. Seicento. Quattrocento. Trecento." A un certo punto fu costretta a urlare per sovrastare il frastuono terribile prodotto dagli argani.

"Jenloz. Aggiornami!" tuonò Delitsky.

"Restiamo stabili" rispose il piccolo ingegnere. La sua voce era udibile a stento a causa del rumore ormai quasi assordante.

"Duecento. Cento. Zero."

La struttura vacillò quando i freni di emergenza entrarono in funzione e la capsula si schiantò contro l'hangar.

"Azionare il portellone."

Delitsky balzò fuori dal sedile prima ancora di ricevere conferma. "Aprite quei dannati schermi e fate venire qui la squadra di emergenza!"

Gli schermi si sollevarono, rivelando la capsula semi rovesciata all'interno dell'hangar. Senza tutta le sua strumentazione e le sue sonde, assomigliava ancora di più a un uovo.

Il portellone si dischiuse sotto gli occhi di Delitsky. Avvolta nelle tute protettive, la squadra di emergenza si precipitò all'interno pronta ad agire.

Delitsky li incitò a fare in fretta. "Muovetevi, muovetevi."

Il caposquadra si issò sul fianco della capsula e protese le mani guantate per tirare la leva che azionava il meccanismo di apertura della botola. Il pesante portellone corazzato iniziò ad aprirsi con una lentezza dolorosa.

Il caposquadra si chinò in avanti, per scrutare all'interno della capsula. Poi, si arrestò di colpo, come paralizzato.

"Cosa succede?" intervenne Delitsky. "Sta bene?"

Il soccorritore alzò gli occhi verso di lui con espressione impotente, pallido per lo sconvolgimento. Fece un passo indietro e lasciò che Delitsky potesse vedere chiaramente all'interno della capsula.

Era vuota.

Capitolo Cinque

Durante la sua carriera Laura si era trovata a gestire diverse situazioni in cui erano coinvolti ostaggi. Tuttavia, le circostanze attuali erano assolutamente insolite.

Non appena la stazione aveva smesso di tremare, l'uomo alto (il Dottore, come si era definito) aveva recuperato l'equilibrio con rapidità prodigiosa, si era gettato in avanti e aveva strappato un g-Taser a uno dei suoi uomini. Ciò che l'aveva lasciata sbigottita, però, fu che invece di puntarlo verso di lei, l'uomo aveva mirato alla testa della sua giovane compagna. La cosa non aveva assolutamente senso.

Intorno a lei, Harrison e il resto della squadra di sicurezza si stavano rialzando a fatica, osservando i due intrusi con un'espressione confusa dipinta in volto. Sillitoe, la matricola assegnata alla sua squadra per quel turno, imprecò sonoramente, mentre lottava per rimettersi in piedi, con il sangue che colava copioso da un brutto taglio in fronte.

"Che diavolo è successo, Capitano? Sembrava che tutta la base stesse..." Si interruppe quando vide il Dottore e Bill. La sua mano si mosse immediatamente verso il taser appeso alla sua cintura. "Figlio di..."

"Calmo, Sillitoe" intervenne Laura, appoggiandogli una mano ferma sul braccio. A quel punto, un passo falso avrebbe potuto far precipitare la situazione. Laura si accigliò. C'era qualcosa che non andava.

Come se potesse leggerle il pensiero, il Dottore sorrise impercettibilmente e spostò un dito per rivelare una piccola spia luminosa sull'arma, che emetteva un bagliore rosso acceso. Laura sentì mancarle il fiato.

"Sono sicuro che sappia cosa significa questa luce" disse il Dottore.

Laura annuì. "Lo so perfettamente. E lei?"

"Ma certo."

"Allora qualcuno vorrebbe spiegarmelo?" La voce di Bill era tesa e stridula. Qualunque cosa stesse accadendo, la ragazza era sorpresa quanto chiunque altro.

"Questo è un taser gravitazionale" le spiegò il Dottore, con calma. "Si tratta di una variazione delle classiche armi in dotazione alla maggior parte del personale di sicurezza a bordo delle astronavi di tutto l'Impero Terrestre. Come puoi vedere, i proiettili non sono ammessi. Proiettili e ambienti pressurizzati non vanno molto d'accordo. Lo stesso vale per le armi a impulsi di energia. Ma questo..." Il Dottore agitò l'arma. "Molto furbo. Emette una scarica gravitazionale in grado di gettare a terra chiunque oppure di fargli perdere i sensi, senza rischiare di danneggiare attrezzature o strutture importanti.

Fece una pausa.

"Però, se si disattiva il circuito di sicurezza a una distanza così ravvicinata..."

"Allora l'impulso gravitazionale le farà saltare la testa!" concluse Sillitoe al suo posto.

Laura scrollò il capo per la disperazione. Una volta che tutto fosse finito, avrebbe fatto una chiacchierata con quel novellino su come usare il tatto durante una trattativa.

"Dottore?" Bill adesso sembrava decisamente spaventata. "Vuoi spiegarmi cosa stai facendo?"

Il Dottore alzò le spalle. "Beh, non sono certo in condizione di minacciare *loro*, ti pare?" disse, rivolgendo un cenno verso Laura e i suoi uomini. "Ho passato gli ultimi dieci minuti a cercare di convincerli che non ho cattive intenzioni, quindi non migliorerò certo la situazione se mi metto a sventolargli un'arma sotto il naso, giusto?" Certo, potrei sempre minacciare di spararmi, ci ho provato in passato e ha funzionato... Ma non posso permettere che accada una cosa simile. Sono troppo intelligente! Non potrei mai perdonarmelo. Quindi, tu sei l'unica possibilità."

"Spiegami come minacciare di spararmi potrebbe migliorare la situazione" ribatté Bill, in tono così stridulo da sembrare quasi uno squittio.

"Ah, dunque..."

Laura era certa di aver visto il Dottore fare l'occhiolino alla sua compagna.

Spostandosi in modo da trovarsi proprio davanti a Bill, il Dottore indicò con un movimento impercettibile degli occhi le sfere meccaniche che fluttuavano sopra di loro. "Le nostre amiche di metallo sono un vero miracolo di ingegneria positronica. Non è così? Attribuire il rispetto della legge a un'intelligenza artificiale è una cosa potenzialmente molto pericolosa. Significa dover stilare un protocollo dopo l'altro, assicurarsi che il loro comando prioritario sia quello di proteggere gli innocenti."

Rivolse un sorriso alle sfere.

"Quindi, amici, dovete chiedervi chi è l'innocente qui. Di certo non sono io. Sono stato beccato con le mani nel sacco, ho rubato un diamante e impugno un'arma rubata. Oh, certo. Sono proprio un ragazzaccio! Ma la signorina Potts qui presente non può essere accusata di niente, non è stata trovata alcuna prova incriminante contro di lei, non le è stato chiesto come sia arrivata qui ed è lei quella con la pistola alla tempia."

Il Dottore fece una pausa, continuando a sorridere.

"Ma si trova *davvero* in pericolo? Se considerate tutti i dati a vostra disposizione, sarete costretti a dedurre che siamo arrivati insieme, quindi è ovvio che ci conosciamo. Non ha tentato di scappare, anzi, non appena si è presentata l'occasione, ha cercato di raggiungermi e sarebbe dunque naturale concludere che siamo amici. Ragion per cui, credete che se fosse mia amica sarei davvero capace di spararle? No, certamente! Bene... diciamo probabilmente. Una volta ho sparato a un amico, ma si trattava di circostanze estreme. E poi eravamo su Gallifrey e lui si è ripreso. Ma cosa possiamo dire di loro...?"

Il Dottore indicò Laura e i suoi uomini.

"Basta un'occhiata. Senza offesa, ma un paio di loro non sembrano essere molto svegli. Saranno sicuramente ligi al loro dovere, non lo metto in dubbio, ma non sono certo infallibili. Sono umani e per questo molto emotivi. Vediamo, quale sarebbe il risultato più probabile, se mi mettessero pressione o se tentassero di spararmi? Quasi sicuramente, il mio dito premerebbe il grilletto, facendo partire il colpo e causando la morte di un'*innocente*. Quindi, usate la vostra fredda logica deduttiva e ditemi chi costituisce il pericolo più immediato per la signorina Potts. Sono forse io?"

Il Dottore scrollò le spalle.

"Oppure sono loro?"

Le sfere ronzarono immobili per qualche istante, mentre un ticchettio indicava che un processore si era attivato al loro interno. Poi, con uno scatto fulmineo, si diressero verso gli addetti alla sicurezza, che rimasero esterrefatti quando i loro taser vennero disattivati dalle sonde meccaniche.

"Così va molto meglio" commentò il Dottore, sorridendo soddisfatto. "Adesso, perché non andiamo a parlare con chi comanda? A giudicare dallo scossone che abbiamo ricevuto poco fa, penso che questa struttura abbia problemi più grossi del mio tentativo di intascare un singolo diamante. In effetti, ho come il presentimento che sarete molto felici della mia presenza."

Scortata dai globi di sicurezza, Laura seguì i suoi uomini verso l'ascensore di servizio. L'espressione di Sillitoe non lasciava dubbi su cosa pensasse di quella situazione. Il Dottore chiudeva la fila, con il g-Taser ancora puntato alla testa di Bill. Mentre si avvicinavano all'ascensore, Laura fu contenta di vederla rifilare un calcio negli stinchi all'uomo.

"A volte ti detesto davvero" sussurrò Bill.

Delitsky attraversò l'hangar nervosamente per quella che doveva essere la millesima volta, cercando disperatamente di capire cosa fosse successo. Quello che era appena accaduto non avrebbe dovuto essere possibile, eppure la capsula mineraria era lì, sfacciatamente e *assurdamente* vuota.

All'ombra delle pareti dell'hangar i tecnici si erano riuniti in gruppetti e parlottavano tra loro sottovoce, con aria spaventata. Delitsky sapeva che doveva ristabilire l'ordine nella sua squadra, ma non sarebbe stato facile. Come poteva pretendere che quegli uomini si comportassero razionalmente, quando ciò a cui avevano appena assistito era completamente privo di ogni logica?

Attraverso la finestra di osservazione, Nettleman e Rince strillavano e gridavano a chiunque capitasse loro a tiro. Non era chiaro se li sconvolgesse di più la perdita dei diamanti oppure quella di un membro dell'equipaggio.

Delitsky scosse la testa. Purtroppo lui sapeva *esattamente* che cosa li turbasse di più. Per fortuna, la comunicazione era resa quasi impossibile dalla violenza della tempesta che continuava a imperversare all'esterno, per cui la sede centrale della compagnia era ancora all'oscuro dell'incidente.

"Delitsky..." Teske sbucò dal portellone della capsula mineraria. A giudicare dalla sua espressione, era persino più confusa di lui. "Ho effettuato un'accurata scansione biologica all'interno. Se ci fosse stato un guasto nell'attrezzatura avrei trovato delle tracce di DNA; inoltre, ci sarebbe ancora..."

"La tuta che indossava, certo. Ovvio." Delitsky sapeva benissimo che la scansione si sarebbe rivelata solo una perdita di tempo, ma sentiva che bisognava fare un tentativo. Sospirò e si voltò verso il suo ufficiale medico. Dal momento che le spiegazioni logiche erano terminate, non gli restava che passare a quelle irrazionali. "D'accordo, l'ultima cosa che Baines ha detto è stata..."

"Che c'era qualcosa fuori dalla capsula? Jorgen, se ti azzardi a metterlo nel tuo rapporto, ci metterai nei guai entrambi."

"Allora, dove accidenti è finito, Johanna? Dove diamine..."

La confusione improvvisa che proveniva dalla sala comandi sopra di loro attirò l'attenzione di Delitsky. Un gran numero di persone era entrato nel cuore della struttura e tra loro c'era il capo della sicurezza, il Capitano Palmer. Chiudevano il gruppo un uomo alto e una ragazza che non riconobbe.

"Chi sono quei due?" disse Teske, che aveva notato a sua volta gli estranei. "Jorgen, ha una pistola!" esclamò, sgranando gli occhi.

La tensione accumulata fino a quel momento esplose sotto forma di rabbia. Il primo incidente in quindici anni, un uomo scomparso e adesso questo?

Ignorando le raccomandazioni di Teske che invitava a calmarsi, Delitsky attraversò di corsa l'hangar, si aggrappò alla scaletta e salì i gradini due alla volta. Almeno questo era un problema reale, tangibile, qualcosa che poteva capire e affrontare.

"Pirati?" ringhiò. "Non nella *mia* struttura!"

Laura guardò preoccupata il Trivellatore Capo Delitsky fare irruzione nella sala comandi con un'espressione furiosa in volto.

"Qualcuno vorrebbe gentilmente spiegarmi che diavolo succede?" tuonò.

La donna gli si avvicinò lentamente, sollevando le mani nel tentativo di calmarlo. "Capo, abbiamo un problema..."

"Un problema?" sibilò Delitsky. "Mi sta dicendo che avete un problema? Siete in sei, sei ufficiali altamente addestrati che mi hanno detto essere i migliori che la Federazione possa offrire, oltre a quelle... *palle volanti* e volete farmi credere che siete stati sopraffatti da un'adolescente e un pensionato?"

Palmer trasalì. "Non era quello il modo in cui aveva sperato di iniziare il proprio mandato su Saturno. "Non è proprio come sembra, capo..."

"Le dirò io cosa sembra, Capitano Palmer. Mi sembra che sia una dimostrazione di incompetenza... Ehi, tu! Allontanati da lì!"

Delitsky spinse da parte Palmer bruscamente. Mentre tutti gli occhi erano puntati sul diverbio tra i due, il Dottore aveva raggiunto indisturbato il pannello di controllo principale e stava esaminando i dati con attenzione.

"Ti ho detto di toglierti da lì!"

Tutti i presenti trattennero il fiato quando Delitsky fece un altro passo avanti. Il Dottore alzò il braccio che reggeva il taser e fissò con sorpresa l'arma nella sua mano, come se si fosse dimenticato che la stava ancora impugnando.

"Ho pensato che vi possa essere sfuggito un dettaglio" rispose, appoggiando il g-Taser sul pannello di controllo, con aria noncurante. Poi, si rivolse di nuovo agli schermi. "Se si osserva..."

Se prima Delitsky era rimasto deluso dalla sua squadra di sicurezza, di certo non avrebbe potuto dire lo stesso in questa occasione. Non appena le sue dita si staccarono dall'arma, il

Dottore scomparve sotto una montagna di corpi. Nel giro di pochi secondi si trovò inchiodato al muro, con le mani ben strette dietro la schiena.

Soddisfatta di avere di nuovo la situazione sotto controllo, il Capitano Palmer si rivolse a Delitsky, in tono di scusa. "Capo, posso solo..."

"Risparmi il fiato per l'inchiesta ufficiale, Capitano."

Palmer dovette reprimere un sospiro quando Nettleman si fece avanti attraverso la stanza, seguito come un'ombra da Rince, come al solito. Era proprio il loro tipico atteggiamento: nascondersi dietro il resto dell'equipaggio al minimo segno di pericolo, ma pronti a riaffermare la propria autorità non appena passato il suddetto rischio.

"Allora, cosa succede qui, Capitano?" chiese Nettleman, rivolgendo a Palmer lo sguardo più feroce di cui era capace.

"Esatto" si intromise Rince. "Chi sono queste persone? Come hanno fatto a salire a bordo?"

Palmer fece del suo meglio per dissimulare il suo disgusto per i due dirigenti, riuscendoci solo in parte. "L'uomo si fa chiamare il Dottore, mentre il nome della ragazza è Bill." Palmer fece una pausa per sottolineare enfaticamente le parole successive. "Li abbiamo trovati dentro la camera blindata."

"La camera blindata?"

Palmer si sforzò di trattenere un sorriso quando sentì che la voce di Nettleman era salita di un'ottava.

"I diamanti..." squittì l'uomo.

"Sono al sicuro" concluse Palmer, mostrando la gemma che aveva trovato in tasca al Dottore. "Gli abbiamo trovato addosso solo questo."

Nettleman gliela strappò di mano, esterrefatto per l'indignazione. "Come hanno fatto a eludere la sicurezza?"

"Dovremo analizzare i dati per scoprirlo."

"Dovrete fare ben più di questo, Capitano. È inaccettabile..."

"Adesso basta!" La voce di Delitsky giunse come un tuono a spazzare via quella di Nettleman. "Discuteremo di chi è la colpa più tardi. Nel frattempo, posso ricordarvi che abbiamo un problema leggermente più urgente da risolvere? Quindi, sarebbe il caso che tutti coloro che non sono strettamente necessari si togliessero dai piedi e sgomberassero la dannata sala comandi!"

"Certo, capo" rispose Palmer, annuendo, grata per il suo intervento. Di sicuro Delitsky le avrebbe fatto una bella lavata di capo in seguito, ma almeno non lo avrebbe fatto davanti a tutto l'equipaggio. Si rivolse agli uomini che trattenevano Bill e il Dottore. "Avete sentito il capo, portateli fuori di qui e rinchiudeteli nella stiva. Li interrogherò in seguito."

"Penso che fareste meglio ad ascoltare ciò che ho da dire subito, piuttosto che quando sarà troppo tardi." Le parole del Dottore risuonarono per tutta la sala comandi.

Sillitoe gli premette la nuca contro la parete. "Chiudi il becco."

"Sillitoe" lo ammonì Palmer, palesemente irritata. "Basta così, novellino!"

Il Dottore le lanciò uno sguardo di approvazione, una cosa che la fece sentire stranamente bene. "Come stavo dicendo" continuò, "mi rendo conto che siete tutti estremamente indaffarati e che probabilmente avete un sacco di riunioni importanti, rapporti da compilare e rimproveri ufficiali che vi aspettano... Tuttavia, forse troverete interessante controllare le frequenze del vostro canale di emergenza. In effetti..."

Delitsky sbuffò spazientito. "Non ho tempo per queste sciocchezze. Portatelo via!"

A un cenno di Palmer, Sillitoe costrinse il Dottore a raddrizzarsi e lo spinse verso l'uscita.

"È importante" gridò il Dottore, voltandosi indietro. "Sempre che vi interessi salvare la vita di un uomo!"

Delitsky era chino sul pannello di controllo e ormai non stava più ascoltando le sue parole.

Seguendo il suo istinto, Palmer premette il suo auricolare e passò in rassegna le varie frequenze del canale di emergenza. Non c'era nulla, tranne... In realtà *sentiva* qualcosa, un rumore quasi indistinto. Alzò il volume al massimo.

Laura Palmer rimase a bocca aperta.

"Capo, deve sentire questo."

Ignorando l'espressione confusa dei suoi uomini, Palmer si affrettò verso il pannello dedicato alla comunicazione, regolò i controlli e aprì il canale sullo schermo. Una voce debole e disperata riecheggiò dagli altoparlanti.

"Controllo... per favore... aiuto. Controllo... Mi sentite... ? Controllo..."

Johanna Teske fissò Delitsky, sbigottita.

"È... È Baines..."

Capitolo Sei

Bill era sbalordita da come il Dottore potesse prendere una situazione impossibile, disperata, *assolutamente* a senso unico e ribaltarla in qualche modo a suo vantaggio. Sebbene fosse stato colto con le mani nel sacco mentre rubava un diamante da una camera blindata, nonostante avesse disarmato e messo in ridicolo un'intera squadra di addetti alla sicurezza e benché le avesse puntato un'arma alla testa (in seguito gli avrebbe sicuramente detto qualche parolina in proposito), alla fine era riuscito a uscirne alla grande. Certo, c'erano ancora diversi sospetti su chi fosse e da dove fosse spuntato, ma adesso veniva guardato con maggiore considerazione rispetto a qualche minuto prima.

Intorno a lei, la sala comandi era un vortice di attività frenetica. Tutta la squadra era impegnata in quelle che dovevano essere le tipiche procedure di emergenza. Il Dottore era ovviamente al centro di quella confusione, seduto davanti agli scanner insieme a una giovane di nome Claire Robbins, intento a cercare di identificare in quale punto dell'atmosfera sottostante si trovasse il membro scomparso dell'equipaggio. Delitsky osservava come un falco tutte le sue mosse. I membri dell'equipaggio potevano anche essere grati al Dottore per averli aiutati a ritrovare il loro compagno scomparso, ma questo non significava che si fidassero completamente di lui. Con la coda dell'occhio, Bill notò Sillitoe che fissava il Dottore con sospetto dalla sua postazione accanto alla porta. Di sicuro, sembrava uno che sapeva come tenere il broncio.

Sentendosi piuttosto inutile, Bill sprofondò nel suo sedile, sussultando per la fitta improvvisa al gomito. Si sfilò il giubbetto di jeans e arrotolò la manica, facendo una smorfia davanti al livido bluastro che andava formandosi. Nella camera blindata aveva preso un colpo più forte di quanto credesse e adesso il braccio cominciava a pulsare.

"Sei ferita?"

Bill alzò gli occhi e incontrò lo sguardo preoccupato di una donna di mezza età con i capelli castani che le arrivavano alle spalle. A giudicare dalla sua uniforme, doveva essere una specie di dottore. "È solo un graffio. Ho avuto una discussione con un muro."

"Beh, finché non recuperano Baines, mi sento un po' una ruota di scorta. Vediamo cosa posso fare." La donna si sedette accanto a lei e aprì una valigetta con i suoi strumenti medici. "Bill, giusto?"

Bill annuì. "Esatto."

"Io sono Johanna" disse, porgendole la mano. "Chiamami Jo."

Bill le strinse la mano, felice di aver trovato un volto amico, magari qualcuno che potesse aiutarla a dare un senso alla situazione in cui si trovava. "Grazie."

Tenendo fermo il braccio di Bill, Johanna cominciò a esaminare la ferita con mani esperte. "Il tuo amico, il Dottore, sa come fare un'entrata a effetto."

"Già… e sa anche come cacciarsi nei guai." Bill fece una smorfia quando il medico toccò un punto particolarmente doloroso.

"Su questo hai proprio ragione. Però, se riusciremo a recuperare Baines tutto intero, la cosa sarà di grande aiuto alla vostra causa."

"La nostra causa?"

Johanna le rivolse uno sguardo freddo. “Siete stati sorpresi nella camera blindata a rubare diamanti, ricordi?”

“Oh” commentò Bill, con sguardo contrito. “Già, dimenticavo. Allora, cosa si sa del minatore che è finito fuori bordo” chiese, cambiando argomento.

“Baines.”

“Esatto, Baines. Come fa a essere ancora vivo? Voglio dire, c'è Saturno là fuori. Non sono una scienziata, ma non dovrebbe essere precipitato fino a schiantarsi contro il centro del pianeta o qualcosa del genere?”

“Tutto merito di Jenloz e della sua squadra” rispose Johanna, indicando un ometto che indossava una pesante tuta rinforzata, chino sul pannello di controllo al centro della stanza. “Sono loro che mantengono in funzione tutto il sistema antigravitazionale della struttura. Senza di loro, non potremmo nemmeno trovarci qui. Baines indossava una tuta pressurizzata antigravitazionale; si tratta di una specie di tuta di sopravvivenza, quindi finché funziona...”

Bill aggrottò le sopracciglia e scrutò la sagoma sferica della capsula mineraria attraverso la finestra della sala comandi. “Eppure, dovrebbe trovarsi lì dentro. Non sembra una cosa da cui si possa scivolare fuori facilmente...”

Johanna non rispose, ma si dedicò assiduamente ad applicare una sorta di gel trasparente sul braccio di Bill. Non bisognava essere dei geni per capire che era successo qualcosa di insolito, qualcosa di cui la dottoressa non aveva voglia di parlare. Riavvitò il coperchio sul tubetto e lo lasciò cadere di nuovo nella valigetta. “Questo dovrebbe aiutare il gonfiore. Ti farà ancora male per un paio d'ore, ma non è nulla di cui preoccuparsi.”

“Grazie” rispose Bill, massaggiandosi il braccio. Il livido stava già scomparendo incredibilmente. “Sai, se doveste avere dei problemi, intendo dire *oltre* a quello di aver perso uno dei vostri uomini, allora il Dottore potrebbe darvi una mano."

Johanna la fissò incuriosita per un istante, poi fece un respiro profondo, come se fosse sul punto di dire qualcosa. Fu interrotta da un fragoroso vociare: un'animata discussione era scoppiata dall'altra parte della sala comandi. Una delle voci le era decisamente familiare.

Si trattava del Dottore.

Bill alzò gli occhi al cielo. "Aspetta solo un momento."

La ragazza afferrò il suo giubbotto e si affrettò a raggiungere il punto in cui il Dottore e Delitsky si stavano guardando in modo truce. Il Trivellatore Capo era paonazzo e a giudicare dall'espressione sdegnata del Dottore non era necessario un grande sforzo di immaginazione per capire cosa fosse successo tra i due. Il Dottore aveva davvero un dono incredibile per far infuriare le persone.

"Ti stai facendo degli amici?" chiese Bill, rivolgendogli un'occhiata sarcastica.

Il Dottore si voltò e la fulminò con lo sguardo. "Vorresti essere tanto gentile da dire a questo decerebrato di smetterla di discutere con me e lasciarmi fare quello che mi riesce meglio?"

"E cosa sarebbe, a parte dire a tutti che sei più intelligente di loro?"

"Ma è proprio questo il punto!" strillò il Dottore. Spinse da parte Delitsky e raggiunse a grandi passi un altro pannello di controllo; quindi, premette alcuni tasti in rapida sequenza e fece apparire qualcosa sullo schermo. "Ecco qui..." disse, puntando un dito ossuto verso una macchia rossa che pulsava debolmente al centro dello schermo. "Ecco il vostro uomo scomparso. Si trova sospeso in un punto in cui la gravità è annullata a circa un chilometro da questa stazione. I generatori della sua tuta stanno lavorando al massimo della loro capacità; gli restano ancora diciannove minuti e mezzo prima che le batterie si scarichino e lui precipiti al centro del pianeta. Diciannove minuti e mezzo che non possiamo sprecare a discutere tra noi invece di *fare* qualcosa!"

"E io ripeto che *non* possiamo fare un bel niente!" strepitò Delitsky. "Si è spinto troppo lontano all'interno dell'atmosfera del pianeta perché possiamo organizzare una qualsiasi spedizione di salvataggio e io non sono disposto a rischiare le vite di altri uomini..."

"Nessun membro dell'equipaggio correrà alcun pericolo!" lo interruppe il Dottore. "Sono perfettamente in grado di salvarlo da solo!" Si voltò verso Bill, in preda alla frustrazione. "Avanti! Diglielo! "

"Dirgli cosa?" rispose Bill, confusa.

"Digli del TARDIS!"

"Oh!"

Il Dottore l'aveva colta di sorpresa. Era sicura che preferisse tenere segreto il modo in cui erano arrivati lì... All'improvviso, Bill realizzò quanto fosse grave la situazione.

"D'accordo, il TARDIS... Bene..." Fece una pausa, incerta sulle parole da scegliere per descriverlo. "È una specie di astronave, ma non proprio. Sembra uno scatolone piuttosto malconcio; però si tratta solo di un travestimento, perché dentro è tutto *ooooh* e *aaaah*, come una di quelle cucine super attrezzate..."

Con la coda dell'occhio notò il Dottore che scuoteva il capo con aria sconsolata. Delitsky si limitò a fissarla come se fosse matta.

Bill arrossì per l'imbarazzo. "Insomma, non è così semplice da spiegare..."

"È ridicolo" tagliò corto Delitsky. "Perché mai dovrei accettare..."

"Un momento!" intervenne il Dottore, battendo le mani all'improvviso e ruotando su se stesso. "Ci sono!"

Attraversò di corsa la stanza, dirigendosi verso Jenloz e la sua squadra di ingegneri che lo guardavano stupefatti. Bill gemette. Come al solito, quando il Dottore andava in giro correndo di qua e di là come un matto finiva sempre per rendersi ridicolo. "Sembra un pinguino a cui abbia preso fuoco la coda" borbottò, a bassa voce.

Il Dottore si abbassò per fissare negli occhi il minuscolo Ingegnere Capo. "Immagino che qui tu sia l'unico dotato di un po' di cervello, giusto? Insomma, è logico. Siete tu e i tuoi uomini che fate il lavoro sporco da queste parti, tutti quei calcoli gravitazionali, la manutenzione delle apparecchiature... Gli altri presenti in questa stanza sembrano solo saper gridare. Immagino che per calibrare accuratamente gli invertitori ci debbano essere sensori dappertutto, ho ragione?"

Jenloz si limitò ad annuire.

"Anche dentro la camera blindata?"

"Capitano Palmer!" La pazienza di Delitsky si era definitivamente esaurita. "Buttate fuori questo pazzo!"

Quando gli addetti alla sicurezza si mossero di nuovo verso di lui, il Dottore si allontanò dal piccolo ingegnere. "Attiva i sensori nella camera blindata e digli quello che vedi" disse, ammiccando con lo sguardo.

Gli addetti alla sicurezza incombevano su di lui. Bill notò le labbra di Sillitoe piegarsi in un ghigno sgradevole, mentre afferrava il Dottore per un braccio senza tanti complimenti. "Molto bene, amico. Credo che ne abbiamo avuto abbastanza delle tue trovate."

"Fermi!" esclamò Jenloz, fissando il suo schermo con espressione incredula. Saltò giù dal sedile e si affrettò a raggiungere Delitsky.

"Capo, dobbiamo assolutamente fare un salto alla camera blindata per capire di cosa si tratta. Immediatamente."

Il Dottore incrociò lo sguardo di Bill e si limitò a sorridere.

Laura rimase a guardare mentre l'attività dentro la sala comandi diventava febbrile. La sua ammirazione per la squadra di ingegneri era appena salita di un gradino. Jenloz e i suoi uomini avevano impiegato un attimo a spostare dalla camera blindata quello strano scatolone che apparteneva al Dottore, facendolo passare attraverso porte di servizio e ascensori angusti servendosi di diversi robot da trasporto molto sofisticati.

Adesso l'oggetto si trovava nell'hangar, collocato stranamente nel punto in cui si era trovata la capsula mineraria. Uno sciame di tecnici si stava dando da fare per assicurarlo agli argani tramite una serie di cavi. Laura non poteva immaginare un mezzo di salvataggio più ridicolo di quello, ma Jenloz non aveva ammesso dubbi quando aveva affermato che il TARDIS era esattamente ciò di cui avevano bisogno.

Il piccolo ingegnere stava parlottando con Delitsky in tono concitato. Laura lo aveva visto così agitato solo in rare occasioni. Qualunque cosa avesse scoperto su quella specie di scatola, doveva averlo convinto che il Dottore era la soluzione al loro problema.

Il Dottore era in piedi accanto alla sua macchina e stava discutendo con Teske che tentava di convincerlo a indossare i vari sensori medici. Bill, la sua giovane compagna, osservava la scena alle loro spalle.

"Crede che sia davvero una buona idea, Capitano?" le chiese Lynne Harrison, con un certo nervosismo. Laura emise un sospiro profondo. Il suo sergente aveva detto ad alta voce ciò che lei stessa pensava. Non conoscevano quell'uomo, non sapevano da dove venisse né come fosse arrivato lì. Inoltre, lo avevano sorpreso a rubare diamanti, eppure…

Laura fissò la figura allampanata nell'hangar sotto di lei. Sembrava che avesse finalmente rinunciato a convincere Teske a lasciarlo in pace e adesso le stava permettendo di collegargli dei sensori al torace e alla testa. Se quella sua strana scatola blu era davvero una specie di astronave, allora aveva avuto un sacco di occasioni per svignarsela con la sua amica, sia mentre si trovavano ancora nella camera blindata sia durante il tragitto fino alla sala comandi.

Invece, aveva cambiato completamente atteggiamento non appena aveva realizzato che c'era qualche problema alla miniera, soprattutto quando aveva scoperto che era in pericolo la vita di un uomo. Quell'uomo poteva anche essere uno sconosciuto, ma il suo istinto le diceva che potevano fidarsi di lui.

"Proviamo ad aspettare e vediamo cosa succede, Sergente."

Harrison alzò le spalle. "Come vuole, Capitano" rispose. "Ma si ricordi che i capoccioni della compagnia le daranno parecchie noie, se le cose andranno storte" aggiunse, con un cenno del capo rivolto all'estremità opposta della stanza.

Laura seguì il suo sguardo. Anche Nettleman e Rince stavano osservando i preparativi. Harrison aveva ragione. I due dirigenti della Kollo-Zarnista non sembravano per nulla contenti del rischio che lei e Delitsky stavano correndo. Se la situazione non si fosse risolta con il ritorno di Baines sano e salvo, allora era molto probabile che quello sarebbe stato il suo ultimo viaggio su Saturno.

"Non capsico perché permetta tutto ciò, Nettleman." Clive Rince masticò nervosamente la stanghetta degli occhiali. "Non sappiamo niente di quei due…"

"Questo *Dottore* e la sua amica potrebbero fare proprio al caso nostro" rispose Donald Nettleman, senza distogliere lo sguardo dal Dottore.

"Ma è riuscito a introdursi nella camera blindata!" sibilò Rince.

"Esatto e mi piacerebbe davvero scoprire come ha fatto. Tuttavia, al momento preferisco stare al gioco di Delitsky."

"Ma..."

"La situazione è già abbastanza complicata, Rince..." Dal tono della sua voce, era chiaro che Nettleman non era dell'umore di perdere tempo a discutere. "Adesso, la sede dovrà inviare altri uomini, che riescano a recuperare il minatore oppure no. Nel frattempo, Delitsky e la sua squadra hanno le mani occupate, il che mi fa pensare a un'altra cosa..."

Infilò la mano nel taschino della giacca e ne estrasse il diamante requisito al Dottore.

"Sarà meglio restituirlo al Capitano Palmer affinché mandi uno dei suoi uomini a rimetterlo al suo posto nella camera blindata" disse, premendo la gemma nel palmo di Rince. "Non vorremmo essere accusati di furto, vero?"

***

"Bene, questo era l'ultimo" disse Johanna Teske, premendo il sensore sulla tempia del Dottore e annuendo soddisfatta.

"È proprio necessario?" sospirò il Dottore, grattandosi la fronte punteggiata di pezze adesive.

"Sì. Voglio essere in grado di monitorare i suoi segni vitali in qualsiasi momento. Ho già perso un uomo, oggi... Non intendo perderne altri."

Il Dottore aprì la bocca per protestare, poi cambiò idea.

Jo raccolse la sua valigetta. "Sarà meglio che vada alla mia consolle per assicurarmi che i dati vengano registrati correttamente." Poi, rimase in silenzio per qualche istante. "Dottore, se… dovesse vedere qualcosa là sotto…" disse, lasciando la frase a metà.

"Vedere qualcosa?" ripeté il Dottore, sgranando gli occhi.

L'ufficiale medico scosse la testa, come se all'improvviso si sentisse in imbarazzo. "Lasci stare. Cerchi solo di fare attenzione."

Il Dottore la guardò allontanarsi, mentre attraversava l'hangar. "Mi chiedo cosa intendesse."

"Non lo so" commentò Bill, con una scrollata di spalle. "Ma almeno sembrano tenere alla tua incolumità." La ragazza aveva un'espressione preoccupata. "*Per favore*, lasciami venire con te."

Il Dottore fu irremovibile. "No. La situazione è già abbastanza rischiosa. Non voglio distrazioni."

"Grazie tante!"

"Senti" tagliò corto il Dottore. "Sarà dura, persino per me."

"Allora, lascia che ti aiuti."

"No!" rispose fermamente, anche se in tono addolcito. "Non capisci, non posso farlo mentre sono preoccupato per te…"

"Va bene." Bill ritenne che almeno il Dottore l'aveva presa in considerazione per un istante. Certo, doveva ancora digerire il fatto che le avesse puntato una pistola alla testa, me per il momento si sforzò di non pensare all'accaduto.

Lanciò un'occhiata agli enormi morsetti che i tecnici stavano fissando al TARDIS e agli argani colossali che incombevano ai quattro angoli dell'hangar.

"È proprio necessaria tutta questa scena? Non potresti semplicemente… far *volare* il TARDIS là sotto?"

Il Dottore le rivolse il solito sguardo sconsolato che aveva quando gli veniva rivolta una domanda sciocca. "Signorina Potts, pensa davvero che sopporterei tutto questo, se potessi evitarlo?"

"Perché no? Sei tu che mi ripeti sempre quanto sia incredibile il TARDIS."

"Se avessi un paio di ore da dedicarmi, ti illustrerei l'entità della pressione esercitata da questa stella gigante fatta di gas e gli effetti che potrebbe causare sulla navigazione interstiziale a corto raggio, quando ci si materializza all'interno di un campo di compensazione gravitazionale. Sarei felice di mostrarti anche i grafici... ma, dal momento che ci rimangono meno di sette minuti prima che il signor Baines entri a far parte in modo permanente dell'atmosfera di Saturno, ritengo che faremmo meglio ad attenerci al piano attuale. Che ne dici?"

Bill annuì, chiaramente confusa. "D'accordo."

"In realtà, penso che mi farebbe piacere ascoltare la sua lezione..." intervenne Jenloz, che aspettava con aria impaziente. "Siamo pronti a depressurizzare l'hangar, Dottore."

Il Dottore annuì. "Può farmi un favore e assicurarsi che si prendano cura di Bill mentre sono via? Preferibilmente, il più lontano possibile da quel brutto ceffo, Sillitoe."

"Naturalmente" rispose il piccolo Cancri, entusiasta. Dal momento in cui aveva messo gli occhi sui dati emersi dall'analisi del TARDIS, era diventato incredibilmente disponibile e affabile. Probabilmente, sperava in un tour guidato del TARDIS.

Una sirena iniziò a risuonare e la voce di Delitsky rimbombò nell'hangar. *"A tutto l'equipaggio, siete pregati di tornare ai vostri posti. Inizio conto alla rovescia depressurizzazione hangar in un minuto. Dottore, farai meglio a prepararti."*

Tutto intorno a loro, i tecnici si affrettarono a sgomberare l'area. Jenloz prese Bill per un braccio e la condusse verso la scaletta, lanciandosi una rapida occhiata alle spalle lungo la strada, nella speranza di riuscire a dare una sbirciata dentro il TARDIS.

Il Dottore alzò gli occhi al cielo. Ci mancava solo un fanatico della gravità ... Osservò Bill risalire i gradini che portavano alla sala comandi. Quando incrociò lo sguardo della ragazza, le rivolse un cenno del capo rassicurante. Poi, si voltò e sbloccò le porte del TARDIS.

Delitsky guardò il Dottore svanire all'interno di quella sua scatola ridicola e le porte malconce richiudersi alle sue spalle. Non riusciva a credere che stessero tentando davvero una cosa simile, ma se Jenloz lo aveva pregato di dargli credito (e nel corso degli anni Delitsky aveva imparato a fidarsi ciecamente dell'ingegnere), allora quella scatola blu poteva davvero essere un miracolo di ingegneria gravitazionale.

Il Trivellatore Capo si concentrò sul suo compito e iniziò il conto alla rovescia. "A tutto l'equipaggio. Prepararsi a dare inizio alla discesa di salvataggio."

Quando sentì un sussulto provenire dalla postazione medica, si voltò di scatto e vide Johanna Teske che fissava a bocca aperta i dati biometrici del Dottore che comparivano sul suo schermo.

"Problemi?"

Teske distolse a fatica gli occhi dal monitor e lo fissò per un secondo, prima di scuotere la testa. "No. No, tutto bene."

"Perfetto, allora." Delitsky si rivolse al Dottore. "Tieniti pronto, distacco in... Cinque. Quattro. Tre. Due. Uno. Zero."

In un vortice di vapore ribollente, il TARDIS scomparve attraverso una botola sul pavimento.

Capitolo Sette

La piccola scatola blu precipitò attraverso l'atmosfera di Saturno, un puntino insignificante contro lo splendido vorticare del gigante di gas. Forze gravitazionali capaci di ridurre in polvere le astronavi più potenti assalirono lo scafo apparentemente instabile, ma gli ingegneri di Gallifrey avevano fatto un lavoro egregio. Come se fosse infuriata per una simile mancanza di rispetto delle proprie leggi naturali, una tempesta immensa prese a spazzare l'atmosfera del pianeta.

All'interno, il Dottore si aggrappò alla colonna centrale del TARDIS, mentre la macchina del tempo sobbalzava e roteava. Osservò l'enorme sagoma della struttura mineraria che si allontanava, riprodotta sullo schermo del pannello davanti a lui, prima di scomparire definitivamente, inghiottita dalle nubi vorticose.

Per la prima volta nel corso di interi millenni, il Dottore fu costretto a controllare le condizioni dell'anomalizzatore gravitazionale del TARDIS, sapendo quanto fosse importante per evitare di essere ridotto in polvere.

"Dottore, sono Delitsky." La voce del Trivellatore Capo gracchiò attraverso una griglia sul pannello di controllo, distorta dalle onde gravitazionali che circondavano il TARDIS. *"Sembra che Baines si trovi direttamente sotto di te, lo stai raggiungendo in fretta."*

Il Dottore premette un tasto e cambiò l'immagine sullo schermo, facendo apparire un grafico che mostrava il suo avvicinamento al minatore alla deriva nello spazio. Un contatore numerico scorreva verso il basso con rapidità vertiginosa. Seicento metri, cinquecento metri, quattrocento metri…

"Ti bloccheremo quando ti troverai a dieci metri. Non possiamo rischiare di avvicinarci di più. Dopo di che, toccherà a te."

"Ah, intendi la parte difficile" borbottò il Dottore a denti stretti, mentre la tempesta sballottava il TARDIS come avrebbe fatto un marmocchio con un sonaglino.

Sullo schermo il conto alla rovescia iniziò a rallentare, finché il TARDIS si arrestò con uno scossone improvviso. Il Dottore si affrettò a operare le correzioni necessarie ai controlli. Estendere il campo di forza per creare un corridoio stabile che si allungava dalla porta del TARDIS era un'operazione che aveva già eseguito in passato, ma mai in un ambiente tanto ostile come quello in cui si trovava al momento. Quando fu soddisfatto, il Dottore si infilò gli occhiali sonici e azionò i comandi delle porte.

L'interno del TARDIS venne immediatamente inondato da un'intensa luce gialla. Il Dottore raggiunse la soglia e contemplò la scena apocalittica che aveva davanti. Nubi spesse e soffocanti sfrecciavano davanti al TARDIS a velocità spaventosa, mentre sfere di energia scintillanti prendevano vita quando le spirali di gas venivano deviate dal possente campo di forza creato intorno alla macchina del tempo. I fulmini disegnavano archi di energia attraverso il cielo, rivelando un paesaggio mostruoso fatto di nuvole che sembrava estendersi all'infinito. In mezzo a tutto ciò, in una cascata di riflessi azzurri abbaglianti, i diamanti scendevano come pioggia, scrosciavano sul campo di forza e scendevano in tanti rivoli luccicanti che precipitavano verso il nucleo del pianeta, molto più in basso.

Il Dottore si era trovato davanti a molte visioni incredibili nei suoi lunghi viaggi, ma questa lo costrinse a fermarsi un istante per osservare con ammirazione e rispetto il potere della natura. Sembrava impossibile che una creatura tanto fragile come un essere umano potesse sopravvivere da sola in mezzo a un simile caos.

Ricordandosi del motivo per cui si trovava lì, il Dottore attivò gli occhiali da sole sonici, servendosi dell'interfaccia con il suo nervo ottico per eseguire una scansione dell'area, in cerca del minatore disperso. Lo individuò immediatamente, poi sbatté le palpebre due volte, per ingrandire l'immagine.

C'era una figura minuscola e insignificante in mezzo a quel maelstrom di gas, inghiottita dalla maestosità di Saturno. La tuta pressurizzata ideata dai Cancri sembrava brutta e scomoda, un misto tra un'armatura medievale e una campana da immersione; tuttavia, aveva svolto egregiamente il suo compito, mantenendo in vita il proprio occupante. Grazie alla vista potenziata garantita dai suoi occhiali, il Dottore poté distinguere le spirali di energia emesse dagli invertitori gravitazionali che si contorcevano e lottavano contro la forza di attrazione immensa del pianeta sottostante. Fu costretto ad ammettere che Jenloz e la sua specie erano davvero degli ingegneri formidabili.

Il Dottore si collegò alla consolle del TARDIS attraverso i suoi occhiali e restrinse il campo di forza per allungarlo ulteriormente e avvolgerlo intorno a quella figura immobile. Intorno a lui, i lampi crepitavano fragorosi, accompagnandolo nel suo cammino lungo il corridoio invisibile che lo condusse fino al minatore.

"Baines?" lo chiamò il Dottore, tentando di sbirciare inutilmente dentro il casco, che era privo di visore. "Riesci a sentirmi lì dentro?" Il Dottore batté le nocche sul torso di metallo. "Baines!"

Sperando con tutto il cuore di non essere arrivato troppo tardi, il Dottore iniziò a sbottonare la sua cintura. Gli invertitori gravitazionali facevano in modo che la tuta fluttuasse qua e là come un palloncino gonfio di elio, mentre lui doveva riuscire a dirigerla verso il TARDIS.

Mentre armeggiava con la cintura, colse un movimento con la coda dell'occhio e si voltò in tempo per vedere un'ombra immensa scivolare lungo la superficie del campo di forza, come olio sull'acqua.

Il Dottore sussultò e barcollò all'indietro, lasciandosi scappare un gridolino involontario di sorpresa, quando l'ombra gli passò accanto. Si guardò intorno, cercando di scorgere meglio quell'apparizione, ma non c'era più nulla… eccetto i vortici di gas e le scariche elettriche.

Il Dottore sistemò in fretta le impostazioni degli occhiali sonici, passando in rassegna decine di opzioni differenti; quindi, aguzzò la vista e riprese la ricerca. Eccola là. Proprio all'estremità del suo campo visivo c'era una macchia scura. Una macchia che si muoveva nella direzione *opposta* rispetto al resto delle nuvole… Mentre si sforzava di identificare meglio quello strano fenomeno, un allarme prese a suonare sulla tuta di Baines.

Il Dottore imprecò sommessamente nella lingua di Gallifrey. Non c'era più tempo.

Costringendosi a lasciar perdere la strana visione in mezzo alle nubi, si dedicò a soccorrere il minatore e fissò la cintura dell'uomo a un gancio che si trovava sulla parte anteriore della tuta. Sperò di essere ancora in tempo. La tuta aveva già iniziato a fluttuare più in basso di prima e la strana luminescenza verde emessa dagli invertitori Cancri stava svanendo rapidamente. Se si fosse spenta del tutto, probabilmente non sarebbe riuscito a spostare Baines con le sue sole forze.

Il Dottore si arrotolò la cintura intorno al pugno e prese a trascinare il corpo del minatore lungo il corridoio del campo di forza, in direzione del TARDIS. Attraverso le porte aperte poteva sentire la voce di Delitsky che proveniva dagli altoparlanti.

"Dottore! Ci sei? Dottore!"

Ignorando la voce insistente, il Dottore riuscì finalmente a trasportare Baines all'interno del TARDIS. La tuta rinforzata si schiantò contro uno degli stipiti: solo allora realizzò che non aveva tenuto in considerazione l'eventualità che una imbragatura così voluminosa potesse anche non riuscire a passare attraverso le porte.

Afferrò Baines per le spalle e lo sollevò con tutta la sua forza. Si udì un rumore tremendo di legno che si scheggiava quando la tuta pressurizzata strisciò pesantemente contro il telaio della porta. In quello stesso istante, ci fu uno schiocco secco e gli invertitori gravitazionali si spensero definitivamente.

Il corpo dell'uomo cadde a terra con un tonfo assordante e l'impatto mandò il Dottore a rotolare sul pavimento del TARDIS. Si rimise in piedi in fretta e si precipitò al pannello di controllo principale, armeggiando con i comandi delle porte. Non appena la sua mano sfiorò la leva, si rese conto improvvisamente della presenza di una forma scura che sfrecciò davanti alla porte spalancate, sfrigolando contro i margini del campo di forza che scoppiò in una cascata di scintille.

Senza distogliere lo sguardo dall'ingresso, il Dottore tirò la leva e le porte si serrarono di scatto, lasciando che la tempesta continuasse a infuriare senza sosta al di là di esse.

"Che diavolo sta succedendo laggiù? La strumentazione è impazzita!"

Il Dottore ignorò la domanda. "Ho recuperato Baines. Portateci su."

Bill si sporse per avere una visuale migliore su ciò che stava accadendo, ma c'erano decisamente troppe persone nella sala comandi. Il TARDIS era riapparso nell'hangar solo qualche attimo prima. Il movimento degli argani si era arrestato e il pesante portellone si era richiuso con un clangore assordante, per tenere a bada le raffiche furiose di Saturno.

Pochi attimi dopo, l'hangar era stato depressurizzato e con suo grande sollievo Bill aveva visto la testa del Dottore fare capolino attraverso le porte della sua astronave.

"Avete intenzione di restare tutti a guardare a bocca aperta oppure qualcuno pensa di darmi una mano?"

Bill si levò di mezzo quando Delitsky, Teske e una marea di ingegneri si riversarono nell'hangar. Scivolando dietro di loro, la ragazza rimase a guardare mentre gli uomini aiutavano il Dottore a estrarre dal TARDIS quella che sembrava una gigantesca tuta da palombaro per collocarla su una barella dall'aspetto ipertecnologico. Jo e Jenloz presero a collegare una serie impressionante di cavi e attrezzature alla tuta.

"È vivo?" La voce del Trivellatore Capo tradiva una certa preoccupazione.

Jenloz annuì. "Riceviamo dei segni vitali" disse, battendo il dito tozzo su uno degli schermi.

"Già, ma non mi piace quello che vedo" intervenne Jo. "Dobbiamo stabilizzarlo e portarlo subito in infermeria."

Bill si fece largo in mezzo alla folla di tecnici, fino a raggiungere il Dottore. "Stai bene?"

"Al momento, sono piuttosto occupato" rispose lui, allontanandosi di scatto per aiutare Jo a collegare altri dispositivi.

Bill fu sul punto di lamentarsi per quella mancanza di tatto, poi capì che si stava comportando da egoista. Dopo tutto, il Dottore stava cercando di salvare una vita umana.

Qualcuno alle sue spalle la spinse via improvvisamente. Infuriata per il trattamento, si voltò e vide i due dirigenti della compagnia, Nettleman e Rince. Era disposta a tollerare qualche scortesia da parte del Dottore, ma non era certo intenzionata a fare eccezioni per quei due.

"Ehi, guardate dove mettete i piedi!"

I due uomini la ignorarono.

"Dottoressa Teske" ringhiò Nettleman. "Quest'uomo deve riprendere subito conoscenza, in modo da poter essere interrogato su quanto è accaduto là sotto."

L'ufficiale medico lo guardò con rabbia. "Può insistere quanto vuole, signor Nettleman, ma non farà alcuna differenza. Quest'uomo ha appena trascorso venti minuti a fluttuare nello spazio fuori dalla stazione. Si tratta di un evento senza precedenti in quasi quindici anni di servizio continuativo. Ignoro a cosa sia stato esposto e a quali effetti collaterali possa andare incontro il suo organismo, quindi intendo portarlo in infermeria per esaminarlo ulteriormente. Ora, se ha delle competenze mediche non dichiarate in precedenza e intende offrire un contributo significativo in questo senso, la prego di farlo immediatamente. In caso contrario, la smetta di farmi perdere tempo!"

L'ammirazione di Bill per la dottoressa fece un considerevole salto verso l'alto. Nettleman non avrebbe potuto sembrare più sorpreso nemmeno se Jo lo avesse colpito in volto con un pesce. Persino il Dottore rimase senza parole. L'equipaggio, incluso Delitsky, non si sforzò minimamente di mascherare la propria approvazione per quello schiaffo morale.

Senza degnare Nettleman di ulteriore attenzione, Jo si voltò e cominciò a spingere la barella verso l'ascensore.

Nettleman si rivolse a Delitsky, fremente di rabbia. "Molto bene, Delitsky. Ne ho abbastanza delle vostre insubordinazioni. Voglio che lei, il suo Ingegnere Capo e il responsabile della sicurezza vi presentiate nella sala riunioni immediatamente."

Con queste parole, Nettleman si fece largo tra la folla di tecnici e ingegneri divenuti improvvisamente tetri. Rince lo seguì come un cagnolino.

"D'accordo, gente" disse Delitsky, con un sospiro profondo. "Cerchiamo di far tornare le cose alla normalità."

Mentre gli uomini si avviavano per riprendere le loro postazioni, il Dottore intercettò lo sguardo di Bill e ammiccò per suggerire che quello era il momento giusto per seguire la Dottoressa Teske. Bill annuì e i due si affrettarono verso l'ascensore di servizio. Una volta dentro, mentre le porte si richiudevano, la ragazza notò l'espressione stanca e preoccupata di Delitsky. Non lo aspettava certo una riunione piacevole e Bill non lo invidiava per niente.

L'infermeria era collocata esattamente al centro del complesso; era piccola, ben equipaggiata e (dopo la confusione della sala comandi) calma e riposante. Un enorme cilindro luminoso dominava un angolo del locale e recava incise le parole CAMERA DI DEPRESSURIZZAZIONE, scritte in rosso sulle porte.

Il Dottore aiutò Jo a orientare la barella dentro un'alcova che si apriva in una parete, fino ad agganciarla in maniera sicura. Il computer medico si attivò immediatamente, mostrando tutti i parametri vitali sugli schermi sparsi per la stanza. Un cicalio debole e regolare prese a risuonare, dando all'ambiente un senso di tranquillità persino maggiore. Jo si affrettò alla sua scrivania, si sfilò la giacca dell'uniforme e indossò il classico camice bianco da medico.

Bill rimase vicina al Dottore, a sbirciare quella specie di armatura metallica adagiata sul lettino. "Non c'è alcun visore" disse, perplessa. "Come fa a vedere all'esterno?"

"Non può" rispose il Dottore, abbastanza inutilmente. "Lo scopo di questa tuta" disse, battendo le nocche sulla superficie metallica, "è quello di evitare che il suo occupante venga schiacciato dalla pressione atmosferica. Un visore costituirebbe un punto debole."

"La tuta è in grado di proiettare un ologramma interno che riproduce l'immagine esterna" spiegò Jo. "I dati che provengono dai sensori della capsula e del complesso minerario vengono inviati ai minatori dalla squadra di controllo."

Bill si accigliò. "Quindi, i minatori si limitano a fluttuare qua e là dentro a questi scaldabagni, mentre acchiappano al volo i diamanti?"

"Non proprio. La raccolta viene effettuata da una capsula semi-automatica, calata dall'alto più o meno come la vostra... astronave. La tuta è solo una specie di precauzione, nel caso qualcosa vada storto con la capsula."

"Ma allora, perché è uscito dalla capsula?"

"Non sono sicura che sia uscito. Ritengo che credesse..." Jo sembrò esitare.

"Credeva di aver sentito qualcosa all'esterno" concluse il Dottore al posto suo.

Bill sgranò gli occhi. "Qualcosa lo ha trascinato fuori?"

Jo scrollò le spalle, con aria sconsolata. Era chiaro che nemmeno lei sapeva cosa credere. "Appena prima di perdere il contatto con lui, Baines era convinto di aver sentito qualcosa che strisciava contro lo scafo. Ma è impossibile, vero?" disse, rivolgendo al Dottore uno sguardo pieno di incertezza. "Deve essersi trattato sicuramente di uno strano fenomeno meteorologico oppure di un'interferenza dovuta alla tempesta."

Il Dottore si limitò a fissarla, rimanendo in silenzio. "Beh, perché non apriamo semplicemente la tuta e proviamo a chiederlo a lui?"

Bill rivolse nuovamente la sua attenzione alla figura ancora avvolta dalla tuta corazzata adagiata sul lettino.

Jo scosse la testa. "Non possiamo."

"Perché no?"

"Perché Baines ha messo in atto il protocollo di emergenza." Di nuovo, era stato il Dottore a rispondere alla sua domanda. "Immagino che sia prevista una serie di misure complesse che l'occupante di una di queste tute può attuare in maniera diretta, sigillandola ed evitando che l'ambiente interno venga compromesso."

"Esatto" confermò Jo. "La tuta deve essere sbloccata da dentro."

"Ma per quale motivo avrebbe fatto una cosa simile?" domandò Bill, incredula. "Perché sigillarsi dentro la sua stessa tuta?"

"Perché aveva paura" rispose il Dottore, scuro in volto. "Era talmente spaventato da ciò che si trovava fuori dalla capsula da compiere il gesto più naturale che poteva fare per proteggersi: chiudersi dentro."

Capitolo Otto

Delitsky chiuse gli occhi e tentò di recuperare la calma. Nettleman gli stava urlando contro da circa un quarto d'ora. Aveva apprezzato il modo in cui Teske lo aveva mandato al diavolo, tuttavia questo era servito solo a peggiorare l'umore del dirigente della compagnia Kollo-Zarnista. Rince non contribuiva certo a migliorare la situazione; in pratica, non aveva fatto altro che continuare ad aizzarlo con i suoi interventi, come fanno i ragazzini in cortile quando vogliono incoraggiare un bullo ad andare avanti nelle sue angherie.

"Ha idea di quanto denaro abbiamo perso, durante questo turno?" strillò Nettleman.

Delitsky lo sapeva benissimo. Rince lo aveva ripetuto a sufficienza. "Sono ben consapevole..."

"Quasi tre milioni di dollari" disse Rince, solo per il gusto di intervenire un'altra volta. "Sempre che si riesca a rimettere in sesto la catena produttiva entro la fine della giornata."

"Tre milioni di dollari. Senza considerare eventuali risarcimenti che Baines potrebbe richiederci. Questo non gioverà assolutamente alle statistiche di questo complesso minerario. Non gioveranno a lei Delitsky e nemmeno alla paga dei suoi uomini."

"Si tratta di una situazione senza precedenti, ma adesso che l'operazione di salvataggio è stata..."

"C'è un'altra cosa" lo interruppe Nettleman. "Come avete potuto scegliere un ladro di diamanti conclamato per guidare l'operazione di salvataggio?"

"In realtà, la faccenda non è ancora stata chiarita del tutto" lo corresse Laura Palmer, prendendo Delitsky alla sprovvista.

"Oh, davvero, Capitano Palmer?" ringhiò Nettleman. "Un uomo viene sorpreso dentro la camera blindata con uno dei nostri diamanti in tasca e lei lo ritiene innocente? Magari crede anche che avesse appena trovato il diamante e stesse per rimetterlo al suo posto?"

"No, signore. Sto solo dicendo che..."

"Come accidenti ha fatto ad arrivare fin qui? Con quella sua scatola ridicola, oltretutto!"

"In effetti, a proposito di quella scatola..." intervenne Jenloz, con una voce stridula che sembrava quasi allegra. "Ho fatto qualche calcolo e se si esaminano i dati gravitazionali riferiti alla scatola del Dottore per paragonarli a..."

"Non me ne frega niente dei suoi calcoli!" sbottò Nettleman. "L'unica cosa che mi interessa è che la miniera ritorni operativa al più presto. Capo Delitsky, puoi darmi *una sola ragione* per cui l'attività non è ancora ripresa?"

Per una frazione di secondo, Delitsky considerò seriamente l'ipotesi di mettere al corrente Nettleman di ciò che aveva detto Baines appena prima dell'incidente, ma poi lo sguardo del dirigente non gli lasciò alcun dubbio su cosa sarebbe successo, se si fosse messo a parlare di strane *presenze* che si aggiravano per l'atmosfera di Saturno. Era molto meglio aspettare finché non fosse riuscito a parlarne con Baines e capire cosa fosse accaduto realmente.

"Stiamo ancora valutando il danno riportato dalla capsula primaria, ma posso far preparare quella secondaria in modo da essere pronti entro un'ora."

"Un'altra ora?" disse Nettleman, in preda all'angoscia. Quella rivelazione sembrò contrariarlo ulteriormente.

"Circa un'ora, esatto."

"Allora, sarà il caso che si dia da fare" concluse Nettleman, agitando una mano come per congedarli. "Andatevene, tutti quanti. Devo stilare un rapporto per spiegare questo casino alla sede centrale."

Delitsky si costrinse a non prenderlo a pugni e annuì. Poi, si alzò e lasciò la stanza, seguito da Palmer e Jenloz.

Non appena la porta si richiuse alle loro spalle, Palmer si voltò e fece una smorfia. "È bello vedere che ha conservato il suo stile gentile e affabile."

"Già" grugnì Delitsky. "Sfortunatamente, al momento sono lui e Rince a dettare legge e possono renderci la vita un inferno se vogliono, se lo ricordi."

"Sì, capo."

Delitsky sospirò. "Senta, Palmer, anche se sono grato al Dottore per averci restituito Baines, Nettleman ha ragione: gli abbiamo concesso troppa fiducia senza sapere un accidenti di lui. Veda cosa riesce a scoprire, d'accordo? Qualcosa, *qualunque* cosa che possiamo dire a quei due per levarceli di dosso. Altrimenti, temo che sarò costretto a formulare delle accuse ufficiali."

"Mi metto subito al lavoro, capo" rispose Palmer, allontanandosi di corsa.

Delitsky si rivolse al piccolo Cancri accanto a lui. "Andiamo, Jenloz. Vediamo di mettere un po' di fretta alla squadra riparazioni e cerchiamo di riportare questo posto alla normalità."

Tuttavia, mentre pronunciava queste parole, Delitsky ebbe la netta sensazione che ci sarebbe voluto molto tempo prima di tornare alla routine quotidiana.

Soddisfatta per aver messo Baines nelle condizioni più confortevoli possibili, Jo rivolse la sua attenzione al Dottore, la cui fronte era ancora punteggiata dei sensori che lei stessa aveva applicato in precedenza.

"Lasci che rimuova quei sensori" disse, guidandolo fino alla sua scrivania, facendolo accomodare su una sedia ed afferrando una bottiglia di alcol.

"I suoi dati biometrici erano piuttosto… insoliti" esordì Jo, evitando di guardarlo negli occhi e preferendo concentrarsi sulle piccole ventose attaccate alle pelle dell'uomo.

"Per me non sono per niente insoliti."

"Ah…"

"Come avrà immaginato, non sono di queste parti."

"E lei?" disse Jo, indicando Bill con un cenno del capo.

"Oh, no. Lei ha un cervello di gelatina, proprio come il suo."

Bill fece una linguaccia al Dottore, per manifestare il suo dissenso.

"Bene, e voi due siete solo…"

"Amici. Viaggiamo insieme."

"Dentro una vecchia scatola."

"Esatto."

"Dottore…" disse Jo, appoggiando la bottiglia sulla scrivania e fissandolo dritto negli occhi. "*Ha visto* qualcosa? Intendo dire laggiù, in mezzo alle nuvole. Ho notato che il suo tasso adrenalinico…"

"Sì" rispose il Dottore, in tono calmo. "Credo proprio di aver visto qualcosa."

"Ma cosa?" domandò Jo, con uno sguardo pieno di interesse e orrore allo stesso tempo. "Voglio dire, è impossibile che qualche creatura possa vivere in quella atmosfera e con quei livelli di pressione. Deve essere un organismo assolutamente…"

"Alieno?" concluse il Dottore, inarcando un sopracciglio folto e grigio.

Jo emise una risata breve e nervosa. “Beh, sicuramente più alieno di quanto non sia lei…”

I due si scambiarono un sorriso teso.

“Dottore…” la voce di Jo si abbassò fino a diventare un sussurro impercettibile. “Mia sorella maggiore ha seguito il suo addestramento medico alla Bi-Al Foundation, un centro di studi biomorfologici sulla cintura di asteroidi. Fu affidata a un certo Professor Marius e nel corso degli anni mi ha raccontato una quantità di storie assurde; tuttavia, una di queste riguardava un uomo chiamato il Dottore, un viaggiatore dello spazio che li aiutò a contenere la diffusione di una terribile infezione virale. Lei non assomiglia per niente alla persona che mi ha descritto mia sorella, ma…” Johanna fece una pausa, come se cercasse le parole. “È lei quell’uomo?”

Il Dottore la fissò intensamente, come se fosse stato trasportato improvvisamente in un’altra epoca e in un’altra vita; come se rivivesse la sua lotta contro il Nucleo e lo Sciame*. Gli tornò alla mente il volto familiare dell’infermiera di Marius e rivide la stessa grande determinazione nei suoi occhi. Sarebbe stato così facile dirle la verità, ammettere: “*Sì, sono quell’uomo, ma in un corpo diverso*” e aspettare la sua reazione. Sarebbe stato così facile chiederle come stava sua sorella oggi, contattare di nuovo il Professor Marius e raccontargli tutte le avventure che aveva condiviso con il suo cane robot. Sarebbe stato facile incontrarli e ricordare insieme… una cosa così umana…

Forse, se si fosse trovato in una delle sue incarnazioni precedenti, il Dottore avrebbe potuto cedere. Invece, da quando aveva iniziato il suo attuale ciclo vitale, fin da Trenzalore, trovava sempre più facile chiudersi in se stesso, accentuando la sua condizione di isolamento.

Inoltre, aveva delle responsabilità. Aveva fatto un voto.

---

* vedi *Doctor Who - The Invisible Enemy*

"No" disse, scuotendo il capo. "No, mi dispiace. Non ero io… Sembra che ci siano un sacco di dottori nell'universo" aggiunse, alzando le spalle.

"Capisco…" La delusione spense ogni entusiasmo nello sguardo di Jo. Per un attimo, il Dottore fu tentato di cambiare idea, poi una voce proveniente dalla porta interruppe quel momento per sempre.

"Dottoressa Teske, il Capitano Palmer vuole vedere lei e… l'altro Dottore nel suo ufficio."

"Beh, io non ho molta voglia di vederla" ribatté il Dottore, incerto se fosse più arrabbiato per il suo comportamento o per l'interruzione del Sergente Harrison.

Jo gli appoggiò delicatamente una mano sul braccio. "Se vuole la mia opinione, le farebbe comodo qualche alleato in più su questa struttura e mi creda, è meglio avere Laura Palmer dalla propria parte."

Il Dottore soppesò le sue parole per un momento, prima di riconoscere che si trattava di un consiglio saggio.

"E io?" intervenne Bill, che era rimasta a osservare il Dottore e Jo dall'altro capo della stanza. "Vuole vedere anche me?"

"Immagino che non sia necessario, vero?" disse Jo. "Inoltre, Bill mi sarebbe di grande aiuto, se potesse restare qui a sorvegliare le condizioni di Baines."

Harrison si accigliò improvvisamente. "Ehm, non ne sono sicura, Doc…"

"Andiamo, Lynne. Non ho mica un intero reparto medico a disposizione. Sono sola, ricordi?"

Lynne Harrison sembrava ancora poco convinta.

"Senti, il Dottore ha appena rischiato la vita per salvarlo" le fece notare Jo. "Credi davvero che avrebbe fatto una cosa simile solo per lasciare che Bill lo mettesse di nuovo in pericolo?"

Harrison alzò le spalle. "Immagino di no."

"Bene. Allora, siamo d'accordo." Jo raccolse un congegno grande quanto un telefono cellulare e lo passò a Bill. "È un dispositivo per le emergenze. Baines è monitorato costantemente dal computer, ma non esitare a usarlo se qualcosa dovesse andare storto." Si voltò verso il Dottore con un sorriso. "Bisogna fidarsi delle persone, vero Dottore?"

Il Dottore provava sempre più simpatia per l'ufficiale medico del complesso minerario. Lanciò un'occhiata interrogativa a Bill e disse: "Puoi farcela cinque minuti senza di me?"

Bill lo fulminò con lo sguardo. "Mi dispiace ferire tanto il tuo ego, ma... certo che sì!"

Con un sogghigno, il Dottore seguì Harrison e Jo fuori dall'infermeria. Dopo tutto, i suoi nuovi compagni non gli dispiacevano per niente.

Sulla superficie di Mimas si trovava COM-RADE 561. Era una macchina come centinaia di altre, sparse su tante lune e pianeti dell'intero sistema solare, che faceva parte della rete di comunicazione subspaziale della Federazione.

Il sistema di COMunicazione e Rete di Analisi Dati Extraterrestri costituiva una rete fondamentale per smistare i milioni di messaggi che viaggiavano tra la Terra e le decine di basi, miniere, stazioni orbitanti e navi da trasporto disseminate nello spazio. I robot COM-RADE erano più che semplici macchine, anche se non potevano vantare lo stesso grado di evoluzione di vere intelligenze artificiali; erano stati progettati per individuare eventuali anomalie nelle informazioni che processavano, isolando ogni possibile minaccia sia per la Terra sia per le colonie a lei collegate. Nel caso avessero scovato un elemento potenzialmente pericoloso o illegale, avrebbero trasmesso immediatamente i dati al Sistema di Sicurezza della Federazione a Manhattan.

I protocolli di sicurezza contenuti nel cervello elettronico di COM-RADE 561 erano estremamente rigorosi. Si trattava di una categoria ristretta di strumenti di controllo, il cui compito era quello di coadiuvare i sistemi di sicurezza delle cinque miniere Kollo-Zarnista situate su Saturno.

Di solito, le comunicazioni che giungevano dalla miniera seguivano un tracciato predefinito, ma oggi c'era qualcosa di diverso. Sotto ogni punto di vista, il messaggio che veniva trasmesso al momento era abbastanza insolito per attivare l'allarme di sicurezza, eppure quando COM-RADE 561 tentò di farlo scattare, si trovò bloccato da una serie di codici di annullamento usati molto di rado.

Il suo cervello positronico si sforzò di risolvere il conflitto tra segnalare ciò che aveva riconosciuto come una trasmissione a corto raggio non autorizzata e obbedire a un comando prioritario che gli impediva di agire. COM-RADE 561 rimase paralizzato, capace solo di ascoltare la conversazione.

"Portatore dell'anello a Raptor. Fatti riconoscere, prego."

"Qui Raptor. Cosa succede lì? Dovevi metterti in contatto ore fa."

"Non potevo. C'è stato un problema."

"Che tipo di problema?"

"Un incidente alla miniera, uno degli uomini è finito alla deriva."

"Decisamente una seccatura."

"C'è dell'altro... due estranei. Scoperti nella camera blindata."

"Nella camera blindata? Chi sono? Da dove vengono?"

"Non lo sappiamo."

"Allora, scopritelo!"

"Lo farò."

"Se stai tentando di chiamarti fuori..."

"No, non ti preoccupare."

"Bene, anche perché le cose si metteranno molto male per te se provi a fare qualche scherzo. Passo e chiudo."

Bill sognava, sprofondata nella sedia accanto al lettino. Non aveva intenzione di addormentarsi, ma gli eventi delle ultime ore (a essere precisi, gli eventi degli ultimi giorni) alla fine avevano avuto la meglio su di lei. Il tepore dell'infermeria, unito al cicalio ritmico e regolare dei monitor erano stati troppo per il suo corpo e la sua mente esausti.

Non che i suoi sogni fossero stati riposanti. Le preoccupazioni quotidiane su come sbarcare il lunario e rispettare le scadenze, il trovare un lato positivo nel suo lavoro senza soddisfazioni e la paura di fallire o di essere rifiutata erano stati sostituiti da incubi mostruosi. Letteralmente mostruosi.

Forme viscide dotate di denti affilati si agitavano sotto il ghiaccio, robot con facce sorridenti protendevano verso di lei artigli di acciaio, macchine da guerra aliene dalla voce rauca e graffiante avanzavano tra le fiamme crepitanti, mentre la sua amica Heather la fissava disperata…

Sullo sfondo, nascosto tra le ombre, un altro alieno continuava a osservarla. Il Dottore, il viaggiatore del tempo, la guardava corrucciato, senza toglierle gli occhi di dosso, il volto imperscrutabile che non dava il minimo indizio su ciò che stava pensando.

Bill voleva impressionare il Dottore, voleva che la vedesse come qualcosa di più di una ragazza che serviva le patatine. Senza il Dottore, sarebbe rimasta intrappolata in una mensa scolastica, condannata a vivere nell'appartamento di Moira, nella sua camera da letto minuscola con quell'allarme per auto che scattava ogni santa notte…

Bip. Bip. Bip.

Bill aprì lentamente gli occhi, riprendendosi gradualmente dall'incubo che stava vivendo.

Quel dannato allarme…

Bip. Bip. Bip.

Raddrizzò la schiena di scatto. Quel suono non faceva parte del suo sogno. Proveniva dalla stanza. Balzò in piedi e guardò con orrore la tuta corazzata distesa sul lettino accanto a lei. Una serie di spie di emergenza lampeggiava lungo tutto il corpo metallico e il suono insistente diventava sempre più forte e acuto.

"Oh, no" esclamò Bill, in preda alla frustrazione. "Per favore, no."

Tentando disperatamente di trovare una spiegazione a quanto stava accadendo, Bill esaminò lo schermo appeso alla parete, sopra il lettino. La maggior parte delle informazioni era troppo tecnica perché potesse comprenderne il significato, ma due parole erano decisamente chiare.

"DEPRESSURIZZAZIONE IMMINENTE."

Bill premette il pulsante di emergenza.

Capitolo Nove

"Una forma di vita aliena" ripeté lentamente Laura Palmer. "Che abita tra le nuvole di Saturno."

Se davanti a lei si fosse trovata un'altra persona, invece di Johanna Teske, Laura l'avrebbe sbattuta in cella per averle fatto sprecare tempo prezioso.

"Delitsky ne è al corrente?"

Jo annuì. "Stava ascoltando la conversazione tra me e Baines... Quando si è verificato l'incidente."

Laura stava ancora cercando di decidere quale delle centinaia di domande urgenti fare per prima, quando l'allarme del cercapersone della Dottoressa Teske si attivò. Jo si portò una mano alla cintura e si scambiò uno sguardo preoccupato con il Dottore.

"Baines..."

I due saltarono letteralmente fuori dai rispettivi sedili e lasciarono di corsa la stanza.

Laura imprecò sonoramente e cercò di scavalcare la sua scrivania. Si fece largo tra gli ufficiali sorpresi che affollavano il compartimento di sicurezza e chiamò a gran voce il suo sergente. "Harrison. In infermeria, subito!"

I due ufficiali sbucarono in un corridoio gremito di minatori e personale di supporto che si preparavano per il cambio turno.

Laura scorse le sagome del Dottore e Jo mentre scomparivano lungo il corridoio che curvava leggermente.

Esortando i membri dell'equipaggio colti alla sprovvista a togliersi di mezzo, Laura si affrettò dietro di loro, tallonata da Harrison. Raggiunsero l'infermeria subito dopo i due dottori. Teske era impegnata a esaminare i dati del paziente, mentre il Dottore era chino sulla tuta pressurizzata di Baines. Il suono acuto dell'allarme riempiva la stanza, portando a Laura soltanto cattive notizie.

"Cosa è successo?"

Bill scrollò le spalle, sconsolata. "Non lo so..."

"Il livello della pressione non è affatto ottimale" disse Teske, senza distogliere lo sguardo dal pannello di controllo. "Sto cercando di ricalibrarlo."

"Non funzionerà" commentò il Dottore, in tono tetro. "Qualcuno ha manomesso i regolatori di pressione."

"Un sabotaggio? Vuole scherzare" disse Laura, affrettandosi a raggiungere il lettino.

"Beh, di certo non è stato lui a fare questo" sentenziò il Dottore, puntando un dito ossuto sulla tuta del minatore, dalla quale era stata chiaramente rimossa una porzione del rivestimento metallico. Al suo interno erano anche stati tranciati diversi fili.

Laura allungò una mano verso la ricetrasmittente. "Farò venire qui Jenloz immediatamente."

"Non arriverà in tempo" rispose il Dottore, accigliandosi. "La tuta potrebbe esplodere da un momento all'altro."

"Il Dottore ha ragione" gridò Jo. "Guardate i valori della pressione... Sono troppo alti!"

"Allora, tutti fuori!" disse Laura, tirando il Dottore per un braccio. "Non c'è niente da fare."

Il Dottore si divincolò con rabbia dalla sua presa. "Invece, posso fare ancora qualcosa" disse, estraendo un oggetto sottile e simile a una penna dal taschino. "Bill, sulla parete dietro di te c'è dell'ossigeno di emergenza; portamelo qui in fretta."

Bill staccò il cilindro dalla parete e si precipitò verso il Dottore. Lui lo afferrò immediatamente e prese a smantellare la valvola principale con il suo congegno, che emetteva un leggero ronzio in netto contrasto con il suono sempre più frenetico prodotto dalla tuta pressurizzata.

Laura capì che sarebbe stato inutile tentare di dissuadere il Dottore dal suo proposito, così si rivolse a Harrison. "Cerchi di portare più persone possibili fuori da questo corridoio, al riparo oltre le porte a tenuta stagna. Se quella tuta scoppia, dobbiamo poter isolare questa sezione."

"Subito" rispose Harrison, uscendo di corsa.

"E riferisca a Delitsky ciò che sta succedendo!" le gridò dietro Laura. Poi, gettò uno sguardo verso il Dottore: quest'ultimo era ancora chino sul lettino e, malgrado il segnale di allarme sempre più insistente, sembrava straordinariamente calmo. Ogni tanto, diceva a Bill di passargli un altro strumento, lo smontava con rapidità impressionante e fissava alla tuta le parti che aveva conservato.

Laura esitò per un momento, chiedendosi se il Dottore fosse davvero in grado di risolvere quella situazione. C'era qualcosa, in quell'uomo, che ispirava un incredibile senso di fiducia. Però, Laura era un tipo pragmatico. Era stata addestrata per individuare e gestire le priorità in qualsiasi occasione. E al momento l'ipotesi più probabile era che il Dottore non potesse sistemare le cose nel tempo che aveva a disposizione.

Accanto a lei, anche Johanna Teske stava osservando il Dottore e la sua espressione tesa e contratta tradiva il conflitto delle emozioni che provava. Laura la tirò per la manica del camice, trascinandola verso l'uscita.

"Ora di andare, Doc."

"Ma..."

"Non intendo discuterne, Jo."

Mentre lasciavano l'infermeria, Laura notò che Bill le stava osservando. La sua espressione era indecifrabile. Paura? Rabbia? Delusione?

Una cosa era però evidente: confidava ciecamente nelle capacità del Dottore. Laura sperò che la sua fiducia non fosse mal riposta. In quel preciso istante il segnale di allarme sulla tuta di Baines si fece ancora più acuto e Laura capì che il tempo a loro disposizione era finito.

Nella sala comandi, Delitsky osservava soddisfatto i suoi uomini dare inizio alle ultime procedure per riprendere le operazioni minerarie. Jenloz e la sua squadra avevano fatto un ottimo lavoro ed erano riusciti a collegare la capsula secondaria a tempo di record; inoltre, nell'hangar sotto di lui, i minatori stavano già indossando le loro tute corazzate per quello che si profilava come un turno davvero lungo.

Aveva dovuto discutere parecchio con il rappresentante sindacale per trovare un accordo sui ritmi di lavoro serrati che Nettleman pretendeva. Alla fine, aveva dovuto promettere un bonus sostanzioso in busta paga e una licenza premio. I capoccioni della Kollo-Zarnista non l'avrebbero presa bene e Nettleman aveva lasciato intendere che Delitsky ne avrebbe risposto personalmente.

Il Trivellatore Capo aveva lasciato i due dirigenti nelle mani capaci del suo vice, Jenny Flowers, ufficialmente perché doveva seguire le operazioni di ripristino delle attività, ma in realtà perché altrimenti avrebbe finito per prendere a pugni Nettleman, se fosse stato costretto a sopportare ulteriormente la sua presenza.

Delitsky si sentiva in colpa per aver abbandonato Jenny nelle grinfie di quelle due faine, ma la donna gli aveva chiesto più volte in passato che le venissero date maggiori responsabilità... Bisogna fare attenzione a ciò che si desidera...

Una spia di emergenza prese a lampeggiare sulla sua consolle. Si fece immediatamente scuro in volto e premette il proprio auricolare. "Delitsky."

"Capo, qui è il Sergente Harrison..."

A giudicare dal tono della voce, non erano in arrivo buone notizie.

"Cosa c'è adesso, Sergente?"

Mentre Harrison gli illustrava la situazione in infermeria, Delitsky avvertì un tuffo al cuore. Poteva andare peggio di così? Si alzò a fatica ed esaminò la stanza, fino a trovare la persona che stava cercando.

"Arcon!" disse, richiamando l'attenzione dell'uomo, un vero marcantonio.

"Che succede, capo?" Anche lui era sempre in cerca di nuovi compiti da farsi affidare. Bene, quello era il suo giorno fortunato.

"Ti lascio il comando mentre sono via."

L'espressione stupefatta sul volto di Arcon per poco non lo fece scoppiare a ridere.

"Ti spiegherò dopo" disse Delitsky, costringendolo a sedersi alla sua postazione. "Per ora, fai in modo che la gente continui a darsi da fare."

Ignorando le occhiate incuriosite degli altri presenti nella sala comandi, Delitsky si affrettò verso l'uscita. Il corridoio brulicava di uomini in procinto di prendere servizio per il turno successivo, ma la vista del Trivellatore Capo che passava di corsa era talmente insolita da lasciare tutti a bocca aperta.

Delitsky evitò gli ascensori e si avviò verso la scaletta, risalendo i gradini metallici tre alla volta, finché non emerse ansimante in un corridoio situato tre piani sopra il ponte di comando. Cercando di riprendere fiato, si diresse in fretta verso l'infermeria. Mentre si avvicinava, si rese conto di un rumore insistente e acuto che diventava più forte a ogni passo. Non lasciava presagire nulla di buono.

Un capannello di persone intente a discutere bloccava il corridoio davanti a lui: Delitsky si fece largo a gomitate senza perdere tempo e ignorando le grida di protesta indignate. La recluta Sillitoe si voltò di scatto, infastidito dalla confusione, e rimase sorpreso nello scoprirne la causa.

"Capo Delitsky?"

"Che diavolo ci fa qui tutta questa gente? Falla allontanare, immediatamente. Voglio che ci siano almeno due porte a tenuta stagna tra loro e ogni eventuale punto di danneggiamento dello scafo."

Delitsky scorse il Sergente Harrison e decise di ignorare le scuse balbettanti di Sillitoe per raggiungerla rapidamente in fondo al corridoio.

"Dov'è Palmer?"

Harrison indicò l'infermeria. "Lì dentro."

"Perché la stanza non è stata evacuata?"

"Il Dottore crede di poter riparare la tuta."

"Maledetto idiota" imprecò Delitsky. "Li farà uccidere tutti." Allungò una mano per aprire la porta dell'infermeria, ma questa si spalancò nello stesso momento per lasciar passare il Capitano Palmer che trascinava letteralmente Jo Teske nel corridoio all'esterno.

"Sta per scoppiare!" gridò Palmer.

Delitsky chiuse gli occhi e si riparò la testa con le braccia, preparandosi all'esplosione imminente… che non si verificò mai.

"Ah!"

Il grido di trionfo del Dottore risuonò per l'infermeria, poi la stanza si ritrovò improvvisamente immersa nel silenzio.

Delitsky riaprì lentamente gli occhi ed entrò con molta cautela.

Il Dottore si trovava in piedi accanto al lettino, con le braccia incrociate e una smorfia soddisfatta in volto. Al suo fianco, Bill sembrava terribilmente esausta. Quell'uomo ce l'aveva fatta. Ce l'aveva fatta davvero.

Delitsky si diresse verso i due, guardando incredulo l'assurdo guazzabuglio di pezzi diversi che il Dottore aveva scartato e che adesso ingombrava il pavimento. Bombole di ossigeno, laser medici, ricetrasmittenti, persino una calcolatrice. Delitsky non era un ingegnere, ma poteva facilmente capire che il Dottore era riuscito a compiere una riparazione incredibilmente complessa in un lasso di tempo brevissimo, usando solo gli oggetti che aveva a portata di mano.

Delitsky annuì, con ammirazione. "Ben fatto, Dottore. Siamo di nuovo in debito con te."

Si voltò verso Teske che lo aveva seguito di nuovo all'interno della stanza e adesso fissava sbalordita i dati riportati sullo schermo, cercando di raccapezzarsi.

"Baines è ancora con noi, dopo tutto quello che è successo?"

"Capo, c'è qualcosa di strano qui" rispose Teske, scuotendo la testa. "Questi segni vitali sono completamente sballati e la pressione registrata non ha alcun senso."

"Cosa intendi dire?"

"I valori della pressione all'interno della tuta sono esattamente il contrario di quello che dovrebbero essere" dichiarò il

Dottore, come se fosse una cosa ovvia. "Invece di tenere fuori l'atmosfera di Saturno, ho regolato le impostazioni per mantenere quell'enorme pressione *all'interno* della tuta."

"Ma… è impossibile."

"Oh, è assolutamente possibile invece" rispose il Dottore, chinandosi in avanti con aria da cospiratore. "I valori della pressione e i parametri vitali non hanno senso perché non è Baines quello dentro alla tuta."

Capitolo Dieci

Stringendo tra le mani una tazza di cioccolata calda, Bill notò con sconcerto che la mensa di una compagnia mineraria era identica a quella in cui lavorava lei, nonostante si trovasse in un futuro lontano. Banconi di acciaio inossidabile, luci al neon che facevano male agli occhi, tavoli lucidi e sedie di plastica scomode. Avrebbe scommesso che dietro quei banconi, in cucina, si trovava persino una friggitrice per patatine. Santo Cielo, si trovava nel cinquantunesimo secolo! Dov'erano i macchinari tecnologici che distribuivano cibo spaziale esotico? Dov'erano i camerieri robot?

Bevve un sorso della sua bibita e fece una smorfia. Persino la cioccolata faceva schifo.

Jo Teske era proprio di pessimo umore; si era concentrata talmente sugli insoliti segni vitali di Baines che non aveva notato l'enorme anomalia dei valori della pressione. Bill sospettò che anche lei desiderasse segretamente guadagnare l'approvazione del Dottore.

La supposizione del Dottore si era rivelata indiscutibilmente corretta e una volta regolati i sensori collegati al computer medico fu chiaro che i parametri vitali sullo schermo erano tutto tranne che umani.

Quella rivelazione poneva tre quesiti molto seri. Dov'era Baines? Chi era la creatura aliena dentro la tuta? Chi aveva cercato di ucciderla?

Di fronte a tanti interrogativi e non volendo mettere in pericolo altri uomini, Delitsky non aveva avuto altra scelta che sospendere le operazioni minerarie fino a nuovo ordine.

Mentre si allontanava per informare Nettleman e Rince della sua decisione (un compito che Bill immaginò non morisse dalla voglia di eseguire), ordinò al Capitano Palmer di far controllare l'infermeria ventiquattro ore su ventiquattro. Nessuno doveva avvicinarsi all'alieno finché non avesse ricevuto istruzioni precise dalla sede centrale della Kollo-Zarnista e dalla squadra di Primo Contatto della Federazione.

Jo Teske aveva provato a far notare che la creatura che si trovava in infermeria era pur sempre un paziente, che fosse alieno oppure no, e che era suo dovere aiutarlo, ma Delitsky non aveva voluto sentire ragione.

"Nessuno deve avvicinarsi, Jo. Né tu né il Dottore, mi hai sentito? Capitano Palmer, mi aspetto che faccia rispettare i miei ordini. Usi pure il suo g-Taser, se necessario!" Con quelle parole aveva abbandonato l'infermeria, lasciando a Palmer il compito di far allontanare tutti e mettere un paio di guardie alla porta. Adesso, Bill, Jo e il Dottore erano seduti in mensa a fissare i loro drink con sguardo assente.

"È ridicolo" si lamentò Jo. "Dobbiamo scoprire cosa è successo a Baines. Se riusciamo a metterci in contatto con… con qualsiasi cosa si trovi in quella tuta, magari ce lo dirà."

Il Dottore non rispose. Teneva i gomiti appoggiati sul tavolo, con il mento sostenuto dalle dita. Era chiaramente immerso nei suoi pensieri. Oppure… Bill si accigliò. Stava forse dormendo?

"Beh, credo che il mio ragionamento sia corretto" concluse Jo. Aveva realizzato che non avrebbe ricevuto alcuna risposta dal Dottore, così si era rivolta a Bill, nella speranza di riuscire ad alleviare il peso della frustrazione parlando con qualcuno.

Bill alzò le spalle. Le valutazioni di Jo sembravano abbastanza sensate, ma gli ordini di Delitsky erano molto chiari e il capo non sembrava uno che cambiava idea facilmente.

"Forse potremmo convincere il Capitano Palmer."

Proprio in quel momento, Laura Palmer spalancò la doppia porta della mensa e si diresse verso il distributore di caffè. Aveva l'aria esausta e Bill si sentì improvvisamente colpevole per tutti i guai che lei e il Dottore le avevano creato.

No, si corresse Bill. Tutti i guai che il *Dottore* le aveva creato. Lei era stata solo travolta dagli eventi, come al solito. Palmer avvicinò una sedia al gruppetto e vi si lasciò letterarmente cadere sopra.

"Laura, devi lasciarmi esaminare la cosa che si trova dentro quella tuta" disse Jo Teske, chinandosi verso di lei e parlando con un tono che tradiva un certo nervosismo. Non si sarebbe data per vinta tanto facilmente.

"Hai sentito gli ordini del Capo" rispose Palmer, esausta.

"Ma Baines..."

"Senti un po'" scattò Palmer, in preda all'irritazione. "Nessuno è più preoccupato di Delitsky". Poi, in tono meno duro, aggiunse: "Jo, siamo tutti snervati e io non ho voglia di discutere. Sono sicura che non appena Delitsky avrà parlato con la sede centrale, sarai in grado di visitare... qualunque cosa si trovi là dentro. Ma fino ad allora, non posso lasciarti entrare in infermeria."

"E se potessi parlarci restando fuori dalla stanza?" Il Dottore aveva aperto un occhio e stava osservando le due donne con un certo interesse.

"Cosa?"

"Ho dell'attrezzatura nel TARDIS che farebbe proprio al caso vostro..." Bill colse un luccichio malizioso negli occhi del Dottore.

"Oh, no…" Era ovvio che al Capitano Palmer non piaceva per niente quel piano per aggirare i suoi ordini.

Jo Teske invece non sembrava farsi scrupoli. "Il Capo ha proibito a chiunque di entrare in infermeria. Non ha detto nulla sul fatto di trovare un modo per comunicare."

"No."

"In ogni caso, dove è finito il TARDIS?" chiese il Dottore, con aria innocente. "Il personale dell'hangar ha detto qualcosa a proposito di spostarlo nella stiva."

"Per favore, Dottore." Adesso Laura Palmer cominciava a essere davvero irritata. "Sono già abbastanza stressata senza essere costretta a far sorvegliare la vostra astronave."

Il Dottore inarcò un sopracciglio. "Spero proprio che non intendiate impedirmi l'accesso alla mia nave, dopo tutto l'aiuto che vi ho fornito."

Bill lo fulminò con lo sguardo. A volte il Dottore si comportava da vero idiota. Punzecchiava la gente solo per godersi la conseguente reazione. Bevve un altro sorso di cioccolata; era davvero disgustosa. Allontanò il bicchiere di carta. Doveva esserci qualcosa di meglio da bere. Scostò la sedia, si diresse di nuovo verso il distributore e fece scorrere lo sguardo sulle varie bevande in vendita. Forse il caffè non sarebbe stato altrettanto male.

Mentre allungava un dito verso il pulsante, le luci della mensa cambiarono colore di colpo, passando da un bianco pallido a un rosso intenso. Per un attimo, Bill si chiese se fosse scoppiata un'altra emergenza, un nuovo pericolo da affrontare, ma nessuno dei presenti sembrò badare alla cosa.

Maledicendo la sua ingenuità, Bill realizzò che sulla stazione mineraria doveva esistere una sorta di notte artificiale. Evidentemente, il cambio di illuminazione serviva a definire il passaggio dal *giorno* alla *notte*. Come a conferma della sua teoria, i pochi membri dell'equipaggio ancora presenti cominciarono ad avviarsi verso l'uscita, sbadigliando e augurandosi la buona notte tra loro.

Oltre al cambio delle luci, anche la temperatura calò sensibilmente. Avvertendo un brivido improvviso, Bill si guardò intorno in cerca del giubbetto, prima di ricordare con disappunto di averlo lasciato in infermeria. Lanciò un'occhiata al Dottore, ma era talmente immerso nella discussione con Jo e il Capitano Palmer da essere a stento consapevole della sua presenza.

Bill decise che sarebbe stato meglio non disturbarli e si affrettò a lasciare la mensa.

Per la seconda volta nella stessa giornata, i sofisticati sensori di COM-RADE 561 rilevarono una trasmissione non autorizzata del complesso minerario 27 Kollo-Zarnista e, ancora una volta, i tentativi di allertare il computer centrale furono bloccati da una serie di codici complessi, che innescarono immediatamente un conflitto nei software all'interno del cervello positronico che governava la macchina.

Mentre i circuiti diagnostici tentavano di risolvere quel dilemma informatico, la trasmissione dati fu libera di propagarsi attraverso la rete subspaziale.

"Raptor, qui è Portatore dell'anello. Ci sei?"

"Certo che ci sono. Dove dovrei andare? Cosa succede lassù? Hai ottenuto altre informazioni su quei due estranei?"

"No, non c'è nessuna traccia di loro nei file della Federazione."

"Allora, non sono agenti della Federazione sotto copertura. Almeno questa è una buona notizia."

"Lascia perdere quei due per un momento. Sta succedendo dell'altro qui. Si è verificato un nuovo incidente."

"Un altro? I protocolli di sicurezza devono essere davvero scarsi."
"No, ascolta... Dicono che sia stato un sabotaggio."
"Sabotaggio? Allora, di certo quei due stranieri..."
"Non sono stati loro. L'uomo è riuscito a evitare una catastrofe."
"Senti, non mi piace questa storia. Se dobbiamo ritirarci..."
"No, no. Per favore, non potete."
"Allora, scopri cosa succede e rimetti in sesto la miniera. Passo e chiudo."

Mentre si dirigeva verso l'infermeria, Bill notò che la debole luce rossastra della notte artificiale aveva immerso la miniera in un'atmosfera assolutamente insolita. Le ricordava un film ambientato su un sottomarino che aveva visto su Netflix qualche giorno prima a casa di Shireen...

Si fermò per un attimo, incapace di reprimere un sorriso. Appena poche settimane prima, la sua vita era normale e adesso eccola lì, nel futuro, su una stazione orbitante intorno a Saturno. Guardare un film su Netflix non era affatto la stessa cosa.

Bill si strofinò le mani per scaldarsi e si diresse lungo il corridoio che portava all'infermeria. In quel momento, l'intera stazione sembrava deserta. Probabilmente, adesso che l'attività era cessata ed era calata la *notte*, l'equipaggio si era ritirato in cabina a guardare l'equivalente del cinquantunesimo secolo di Netflix. Oppure erano andati tutti al bar.

Proprio come per la mensa, Bill si trovò a pensare che tutto sembrava tristemente *umano*. Anche se si trovava millenni nel futuro, le cose continuavano a ruotare intorno alla solita routine scandita da azioni ordinarie come mangiare, dormire e lavorare. Eppure, in un certo senso era rassicurante... La razza umana si era diffusa nello spazio, portando con sé pregi e difetti della specie. Continuavano a esserci persone che sembravano oneste e amichevoli, insieme ad altre stupide e meschine.

La porta dell'infermeria apparve appena oltre la curva del corridoio e Bill constatò ironicamente che a guardia della stanza Palmer aveva messo un rappresentante della categoria degli sciocchi: il soldato Sillitoe.

Apparentemente sorpreso dalla sua apparizione, l'uomo scattò in piedi e la fissò con sospetto. "Che cosa ci fai qui?" ringhiò. "Delitsky ha detto che nessuno può entrare."

"In realtà, ha detto che il Dottore e Jo non possono entrare" ribatté Bill, in tono sicuro.

Sillitoe si accigliò, mentre il suo cervello limitato si sforzava di ricordare le parole esatte del capo. Il Dottore aveva ragione. Non era certo il soldato più sveglio della squadra.

"Che cosa vuoi?"

"Il mio giubbotto" disse Bill, indicando la porta. "L'ho lasciato sulla sedia accanto al letto."

"Niente da fare. Non può entrare nessuno."

"Ho freddo!"

"Che disdetta. Mi spiace per te."

"Ma è proprio lì!" insistette Bill, puntando il dito verso la porta di vetro. Il suo giubbotto di jeans era chiaramente visibile, appoggiato allo schienale della sedia di plastica accanto al lettino. "D'accordo, non puoi farmi entrare; però nulla ti impedisce di entrare lì dentro e recuperarlo per me, giusto?" Incrociò le braccia e lo guardò con espressione interrogativa. "Oppure sei un novellino tale che ti serve il permesso del Capitano Palmer o del Sergente Harrison?"

Il suo trucco funzionò.

"Va bene, va bene…" Sillitoe alzò gli occhi al cielo e digitò il codice di accesso, aprendo la porta.

Bill ridacchiò tra sé e sé. "Piuttosto facile" mormorò.

"Cosa?"

Sillitoe borbottò qualcosa, attraversò l'infermeria e afferrò il giubbotto sulla sedia. Quando si voltò per avviarsi di nuovo verso la porta, Baines o qualunque cosa si trovasse dentro la tuta si mise a sedere improvvisamente.

Prima che Bill potesse pronunciare una parola di avvertimento, il braccio metallico dell'uomo scattò in avanti, scagliando in aria Sillitoe. Bill osservò con orrore il soldato attraversare in volo la stanza e schiantarsi contro un armadietto dei medicinali, in una cascata di schegge di vetro e vassoi metallici. Bill corse ad aiutarlo, ma la tuta metallica scese dal lettino, strappando i cavi dei sensori ancora attaccati alla parete e la sua sagoma imponente si frappose tra lei e il corpo immobile di Sillitoe.

"Sillitoe! Sillitoe, svegliati!" gridò Bill. "Devi svegliarti, soldato Sillitoe!"

La tuta si fermò e inclinò l'enorme casco da un lato, come se stesse in ascolto. Poi, rivolse la sua attenzione alla guardia stesa a terra e sollevò uno stivale corazzato.

"No!" urlò Bill, in preda all'orrore. Si lanciò in avanti, afferrò una bottiglia dal pavimento e la scagliò contro la creatura con tutta la sua forza.

L'essere all'interno della tuta ruotò su se stesso, colpendo la bottiglia in volo e costringendo Bill a tuffarsi a terra per evitare il braccio possente, che le passò a pochi centimetri dalla testa. Bill scattò in avanti e afferrò Sillitoe per le spalle, tentando disperatamente di trascinarlo via con tutte le sue forze. Il suo piede scivolò sui frammenti sparsi sul pavimento e i due caddero di nuovo a terra.

La tuta corazzata avanzò verso di loro, incombendo come una specie di mostro di Frankenstein fatto di metallo. Mentre si avvicinava, i suoi passi pesanti si abbattevano sul pavimento come colpi di martello. Torreggiando su di loro, la creatura sollevò i pugni. Bill alzò istintivamente un braccio, nel tentativo di attutire l'impatto, ma sapendo bene che si trattava di un gesto inutile.

Dall'altro capo della stanza risuonarono due colpi sordi, ma così forti da farle tremare i denti. La tuta corazzata barcollò all'indietro, agitando le braccia come se cercasse di mantenere l'equilibrio.

Sulla soglia, Bill vide Palmer e Harrison, con i loro g-Taser puntati sul mostro metallico. Coperta da Harrison, il Capitano Palmer attraversò in fretta la stanza. Fece fuoco di nuovo e questa volta l'impulso gravitazionale scagliò a terra la creatura. La tuta cadde all'indietro sul lettino, che cedette con uno schianto assordante.

Bill sentì una mano afferrarla e si trovò faccia a faccia con il Dottore. L'uomo la aiutò a rialzarsi.

"Stai bene?"

Bill annuì. "Grazie…"

"Come sta lui?" chiese il Dottore, rivolgendosi a Jo Teske, che stava tentando di far riprendere conoscenza a Sillitoe.

"È svenuto. Forse ha qualche costola fratturata e una leggera commozione cerebrale."

"Risparmia i dettagli per dopo" intervenne brusca Palmer. "Portatelo via da qui!"

Anche se il Dottore non era abituato a ricevere ordini in quel modo, capì che sarebbe stato controproducente mettersi a discutere. Sollevò Sillitoe con una facilità che sorprese Bill e lo issò sulle proprie spalle, come un vero soccorritore.

"Prima le signore."

Lasciarono in fretta l'infermeria e il Dottore fu costretto a guardare attentamente dove metteva i piedi per evitare di inciampare sui resti dell'armadietto dei medicinali. Quando furono abbastanza lontani, Palmer li seguì senza mai staccare l'arma dalla figura dentro la tuta corazzata, che tentava di rialzarsi. Non appena furono al sicuro nel corridoio, la donna premette il tastierino numerico di accesso e la porta si richiuse di scatto dietro di loro.

Il Dottore sbuffò sarcasticamente. "Il vetro lo terrà sicuramente a bada..." commentò, battendo una nocca sulla porta, tanto per sottolineare la sua affermazione.

Bill alzò gli occhi al cielo. "Ovviamente, hai un'idea migliore."

"Ma certo, sono il Dottore. Però, al momento sono piuttosto impegnato" aggiunse, indicando il corpo privo di coscienza del soldato. "Dove possiamo portarlo?"

"Da me" rispose Teske. "Dovrei avere abbastanza materiale e attrezzatura per dargli una sistemata."

Diversi minatori e uomini del personale cominciavano a emergere dalle loro cabine, incuriositi da tutta quella confusione. Jo attirò l'attenzione di un paio di loro e questi prelevarono con delicatezza il corpo di Sillitoe, liberando il Dottore.

Si erano appena avviati lungo il corridoio, quando la porta dell'infermeria esplose in una pioggia di frammenti di vetro.

Il Dottore prese Bill per mano e la trascinò via, mentre la creatura faceva irruzione nel corridoio.

"Harrison!" gridò Palmer. "Aiutami ad abbatterlo."

"No, aspettate!" gridò il Dottore, tentando disperatamente di fermarle, ma era troppo tardi. Bill si strinse al Dottore mentre i due ufficiali scaricavano i loro g-Taser sulla creatura. Gli impulsi gravitazionali crepitarono sopra di loro e ci fu un lampo di energia quando i colpi vennero deviati dalla tuta corazzata, mandando in frantumi ciò che restava della porta. Calpestando le schegge sotto i pesanti stivali, la creatura si voltò e cominciò ad avanzare nel corridoio. I membri dell'equipaggio gridarono per il panico e si diedero alla fuga.

"Non potete fermarlo con quelli" gridò il Dottore. "Guardate."

Il Dottore indicò due rigonfiamenti in corrispondenza delle spalle della tuta. Bill notò che emanavano uno strano bagliore verde.

Palmer gemette. "Ha attivato gli invertitori di gravità."

"Esatto. La tuta si è ricaricata completamente mentre si trovava in infermeria. Quindi, visto che è stata progettata per resistere all'incredibile forza di attrazione di Saturno, usare armi a impulsi gravitazionali è un po' come spararle contro con delle palline di carta.

Palmer imprecò sonoramente. "D'accordo, Harrison. Dovremo escogitare un altro piano."

"Che ne dite di aspettare?" disse il Dottore.

Tutti gli occhi si voltarono verso di lui.

"Aspettare cosa?" disse Palmer, fulminandolo con lo sguardo.

"La tuta è priva di armi, vero?"

"No, in effetti. Tuttavia, qualunque cosa si trovi lì dentro potrebbe comunque causare parecchi danni, se lo volesse."

"Però, al momento non sembra avere intenzioni ostili."

"Ma se ha appena cercato di uccidere un uomo!"

"La creatura si è ripresa da un terribile trauma dopo che qualcuno aveva interferito con i comandi del sistema di pressurizzazione. Probabilmente è sconvolta e impaurita." Il Dottore indicò la tuta corazzata che avanzava lungo il corridoio. "Quindi, la domanda è: dove vuole andare quel ragazzone?"

"In mensa?" azzardò Bill. "Forse ha fame."

Il Dottore le lanciò un'occhiata di disapprovazione.

"L'ascensore di servizio" disse Palmer.

"Esatto."
"Si sta dirigendo di nuovo verso l'hangar."
Bill era confusa. "Perché vuole tornare laggiù?"
Gli occhi del Dottore brillarono intensamente. "Perché vuole raggiungere i suoi amici."

Capitolo Undici

Jorgen Delitsky era seduto nella sala comandi; era felice di potersi finalmente prendere qualche minuto per bere e pensare in assoluta solitudine. Anche se di fatto trascorreva ogni momento della sua giornata di lavoro in quella stanza, c'era qualcosa in quel posto, quando era deserto, che lo rilassava. Le luci notturne rossastre, il ronzio di fondo dei macchinari, la danza intermittente delle spie sui pannelli di controllo e la leggera brezza dell'impianto di condizionamento creavano un ambiente che trovava molto riposante.

Era ben consapevole che Jo Teske lo riteneva pazzo. La maggior parte dei suoi uomini non vedeva l'ora di svignarsela, una volta finito il turno. Si affrettavano a raggiungere amici e amanti al bar, al cinema o in altri ambienti dedicati allo svago. Delitsky non era mai riuscito a rilassarsi così. La gente intorno a lui era sempre un po' tesa oppure si comportava in modo innaturale in sua presenza. Questo lo metteva a disagio e lo portava a preferire il ritiro solitario della sala comandi.

"Le va di parlare, capo?"

Si rese contro che Claire Robbins lo stava guardando incuriosita. Nella sala rimaneva sempre un ufficiale esperto in caso di emergenza e a Robbins era toccato il turno di quella notte.

"Mi stavo solo chiedendo quale dei pianeti dell'orlo esterno potrebbe avere bisogno della mia esperienza... Cosa ne pensi, Claire, come mi vedi a tagliare alberi su Androzani Major?"

"Mmh... Non saprei, capo. Non mi è mai sembrato un tipo da vita all'aria aperta" rispose, con un sorriso comprensivo. "Le cose vanno così male?"

Delitsky sospirò. Aveva appena fatto ricorso ai suoi poteri straordinari previsti solo nei casi di emergenza per passare sopra agli ordini di due dirigenti della compagnia Kollo-Zarnista e arrestare l'attività di un complesso minerario da diversi miliardi di dollari; aveva scoperto che alcuni membri del suo equipaggio si erano resi protagonisti di un furto di diamanti e un tentativo di sabotaggio; aveva perso un minatore nello spazio e adesso un esemplare di una specie aliena sconosciuta si trovava nella sua infermeria.

"Già... Credo che la situazione sia davvero pessima."

Improvvisamente, si adirò con se stesso per essersi lasciato abbattere tanto. Non avrebbe dato una soddisfazione simile a Nettleman e Rince. Quella era la sua miniera e lui aveva preso ogni decisione solo per il bene di tutti. Il problema era che nessuno sulla Terra aveva la minima idea di cosa stesse accadendo.

Si alzò in piedi a fatica, stiracchiandosi. "In che condizioni è il sistema di comunicazioni a lungo raggio? La tempesta sta ancora causando interferenze?"

Robbins diede un'occhiata al pannello di controllo e alzò le spalle. "La tempesta è ancora a forza dieci, ma si sta spostando. Immagino che tra un'ora l'elettricità statica non sarà più un problema. Fino a quel momento, dovremo accontentarci delle trasmissioni a corto raggio."

Delitsky annuì. "Fammi sapere non appena migliorano le condizioni. Ah, Claire, un'altra cosa. Assicurati che il mio rapporto arrivi prima di quello di Nettleman, d'accordo?"

"Ricevuto, capo" rispose la donna, con un sogghigno.

Delitsky bevve l'ultimo sorso di caffè dalla sua tazza ed era sul punto di avviarsi verso il distributore all'angolo per riempirla di nuovo, quando un movimento all'interno dell'hangar attirò la sua attenzione. Vide le porte dell'ascensore di servizio che si aprivano, lasciando emergere una figura avvolta in una tuta pressurizzata.

Delitsky lasciò che la tazza gli scivolasse dalle dita, mentre guardava la tuta corazzata attraversare l'hangar con passi pesanti verso la capsula. Dietro di lui, Robbins trattenne il fiato.

Senza badare a loro, la figura corazzata raggiunse il punto in cui si trovavano le altre armature pressurizzate, disposte lungo file ordinate dove i minatori le avevano lasciate quando Delitsky aveva impartito l'ordine di interrompere le operazioni minerarie. Rimase immobile per qualche istante, simile a un ufficiale intento a ispezionare la truppa, poi si voltò e si diresse con passo deciso verso un pannello di controllo laterale. Sotto i loro occhi, protese le sue mani colossali e azionò i comandi con abilità sorprendente.

"Cosa sta facendo?" sussurrò Robbins, fissando l'imponente figura curva sulla consolle.

Delitsky comprese improvvisamente le intenzioni della creatura e si precipitò di nuovo verso la sua postazione. "Claire! Dai l'allarme generale!"

"Sissignore!"

"E dì a Palmer di condurre subito qui la squadra di sicurezza!"

La calma e la tranquillità che Delitsky si stava godendo vennero letteralmente spazzate via dalle sirene di emergenza, che per la seconda volta in quella giornata risuonarono nella sala comandi.

Delitsky armeggiò freneticamente con i tasti della consolle di fronte a lui, cercando disperatamente di ricordare codici di sicurezza e password che non aveva mai usato. Tutte le luci sul pannello alla sua sinistra si estinsero contemporaneamente e la consolle si spense con un suono impercettibile.

"No, no, no."

Adesso, anche Robbins aveva capito le intenzioni della creatura. "Capo, sta usando i protocolli di emergenza."

"Lo so, lo so." Con la fronte imperlata di sudore, Delitsky inserì un codice dopo l'altro. Tuttavia, mentre i pannelli intorno a lui continuavano a spegnersi, realizzò con un brivido che non ce l'avrebbe fatta. Per quanto lavorasse alacremente, la creatura nell'hangar era sempre più veloce di lui. Quando anche l'ultimo dei pannelli si spense, sferrò un pugno alla consolle in preda alla frustrazione. Come in segno di scherno, le parole PROTOCOLLO DI EMERGENZA ATTIVATO apparvero sullo schermo sopra di lui.

"Come faceva a conoscere i codici?" ringhiò, pieno di rabbia.

"Perché è rimasto collegato al sistema principale per tutto il tempo che è stato sdraiato in infermeria."

Delitsky si voltò e vide il Dottore in piedi accanto a lui. Alle sue spalle, sempre più persone avevano cominciato a riversarsi nella stanza. Palmer e Harrison avevano estratto i loro g-Taser. Non ci voleva un genio per immaginare cosa fosse successo. Sentì un tuffo al cuore quando vide Nettleman e Rince apparire sulla soglia. Non c'era dubbio che avrebbero avuto qualcosa da dire in proposito.

Il Dottore si diresse alla finestra di osservazione. "Non vi siete preoccupati di escluderlo dal sistema perché eravate convinti che ci fosse Baines all'interno della tuta. Invece, mentre si ricaricava, il nostro visitatore ha anche avuto il tempo di imparare, studiare e assimilare dati."

Scrutò in basso, osservando con interesse ciò che andava accadendo nell'hangar.

"Baines era un minatore esperto, vero? È presumibile che avesse accesso a un livello di sicurezza piuttosto riservato. Beh, probabilmente adesso quella creatura può vantare una conoscenza dei sistemi che governano questa stazione paragonabile a quella di Baines."

Delitsky abbandonò la sua postazione ormai inutile e si rivolse a Palmer, fremente di rabbia. "Ti avevo detto di fare la guardia a quella cosa. Come diavolo ha fatto ad allontanarsi?"

"Infatti, Capitano" intervenne Nettleman. "Penso che ci piacerebbe sentire la sua risposta."

Palmer lo ignorò e sostenne lo sguardo di Delitsky. "Non c'era nulla che potessimo fare, capo. Finché i suoi invertitori di gravità restano attivi, non abbiamo modo di fermarlo senza rischiare di danneggiare lo scafo."

"Quindi, vi siete limitati a farvi da parte e permettergli di prendere il controllo della mia miniera?"

"Il Dottore pensava che..."

"Non me ne frega niente di quello che pensa il Dottore, Capitano Palmer. È lei che pago per la sicurezza di questo posto, non lui. Cosa crede che dovremmo fare, adesso?"

Delitsky puntò un dito verso la figura corazzata nell'hangar sottostante. Ora che era sicura che nessuno l'avrebbe interrotta, la creatura aveva afferrato una delle tute corazzate vuote e la stava trascinando verso la capsula mineraria.

Sotto lo sguardo sbalordito dell'equipaggio, la figura riemerse dalla capsula per recuperare una tuta pressurizzata dopo l'altra.

"Quante altre creature si trovano là fuori?" disse Rince, nervosamente.

"Cinque" disse il Dottore, con un filo di voce.

"Cosa?" sbottò Delitsky.

"Sono in cinque" ripeté il Dottore. "Guardi."

Dopo aver caricato quattro tute dentro la capsula, la creatura rivolse di nuovo la sua attenzione al pannello di controllo.

"Ora che ha scoperto che possono sopravvivere nel nostro ambiente dentro le tute pressurizzate, intende tornare là fuori per recuperare gli altri."

"Sta attivando la procedura di sganciamento automatico, capo" esclamò Robbins dalla sua postazione. "Ormai, l'unico modo di fermarlo..." Si interruppe, prima di concludere la frase. "... è il Distacco."

"Il *Distacco*?" chiese il Dottore, in tono sospettoso.

Delitsky fulminò Robbins con lo sguardo, prima di lasciarsi sfuggire un sospiro di rassegnazione. "Si tratta di una procedura estrema, che prevede di tranciare i cavi degli argani e spalancare contemporaneamente le porte principali dell'hangar, espellendo la capsula."

"E spedendola dritta al centro di Saturno."

"Devo pensare alla sicurezza dei miei uomini, Dottore" rispose Delitsky, avviandosi con passo deciso alla sua consolle

"Dubito che quella *cosa* sia al corrente della procedura. Si tratta di un espediente noto solo al personale più esperto. Piuttosto logico, a pensarci. Chi si lascerebbe calare in quella capsula, sapendo che i suoi responsabili possono sempre decidere di tagliare i fili e lasciarlo andare alla deriva nello spazio?" A giudicare dal suo tono di voce, il Distacco non era un'operazione che Delitsky approvava particolarmente. "Visto che non ne è a conoscenza, è improbabile che si sia dato la pena di bloccare quei circuiti."

"Delitsky..." Il Dottore appoggiò una mano sulla spalla del Trivellatore Capo. "Non lo faccia."

Delitsky si voltò, pronto a gridargli in faccia, ma qualcosa nell'espressione dell'uomo gli fece cambiare idea.

"Sappiamo così poco di quelle creature. Potrebbe trattarsi di una specie sconosciuta, una forma di vita completamente nuova che abita le nuvole di Saturno, rimasta nascosta per migliaia, anzi milioni di anni. Potrebbero essere dei semplici visitatori, finiti qui per caso. Potrebbero essere qualsiasi cosa, non ne abbiamo idea."

Il Dottore fissò intensamente i comandi che Delitsky era sul punto di attivare.

"L'unica cosa di cui sono sicuro, è che se premerà quel pulsante, perderemo l'occasione di scoprire cosa sono e perché sono qui. Certo, ammetto che non si è comportato come il migliore degli ospiti, ma si trovava da solo in un ambiente ostile e qualcuno su questa stazione ha già provato a ucciderlo. Penso che sia giusto lasciargli tentare di salvare i suoi amici e spiegare le sue azioni, non crede?"

Delitsky rimase in silenzio per un momento, poi emise un sospiro profondo e annuì. "Va bene, Dottore. Concediamogli il beneficio del dubbio."

Il Dottore sorrise e i due si voltarono per osservare le enormi porte dell'hangar che si aprivano, mentre la capsula mineraria cominciava la sua lunga discesa attraverso l'atmosfera di Saturno.

La sala comandi era piombata in un silenzio innaturale, mentre tutti i presenti attendevano senza fiatare. Ormai, erano passati dieci minuti da quando la capsula si era immersa nell'atmosfera del pianeta sottostante.

"Ancora nessun segno di movimento?" chiese Delitsky, impaziente.

"No" rispose Claire Robbins, scuotendo il capo. "Sono ancora fermi alle stesse coordinate di quando abbiamo perso il contatto con Baines."

Delitsky lanciò un'occhiata a Teske. "Segni vitali?"

L'ufficiale medico fissava lo schermo con aria sbigottita. "È incredibile. Non ho mai visto dati come questi, prima d'ora."

"Capitano Palmer" disse Delitsky, rivolgendosi al capo della sicurezza. "Qualche raccomandazione?"

"Non abbiamo idea di cosa ci troveremo di fronte, capo. Potrebbe essere saggio contare su qualche rinforzo."

"Rinforzo?"

"La mia squadra di sicurezza è composta da soli sei uomini, capo..." disse.

Delitsky annuì. "Claire, nessuna buona notizia sul fronte comunicazioni?"

"Non ancora, capo."

"Ho bisogno che mi informi non appena saranno ristabilite."

Il Dottore aveva ascoltato la discussione con grande concentrazione. Bill attirò la sua attenzione toccandolo con il gomito. "Cosa pensi che siano?" sussurrò.

"Non ne ho idea" rispose il Dottore. "Qualche forma di vita ad alta pressione."

"Quindi sono... Saturniani o qualcosa del genere? Vivono su questo pianeta?"

"Stiamo per scoprirlo" disse il Dottore, battendo un dito sullo schermo. "La capsula ha iniziato la risalita."

Mentre gli argani enormi cominciavano ad arrotolare i cavi, tirando la capsula verso la stazione, il Dottore notò i componenti della squadra di sicurezza irrigidirsi e tenersi pronti a premere i grilletti delle armi di cui disponevano. Le azioni che si sarebbero svolte in quella stanza nei minuti successivi si sarebbero rivelate cruciali. Il primo contatto con una nuova specie era sempre delicatissimo e la sua esperienza gli aveva insegnato quanto terribili potessero essere le conseguenze, se le cose fossero andate male.

Gettò uno sguardo verso il Capitano Palmer, che mostrava

serietà e concentrazione, senza tenere la mano sulla sua arma. Il Dottore si concesse un attimo di ottimismo. In fondo, in quella stanza c'erano diverse brave persone. Palmer, Teske, Delitsky...

Spostò lo sguardo su Nettleman e Rince. Certo, dopo tutto c'erano anche delle persone meno raccomandabili.

I grandi argani iniziarono a rallentare.

"Ci siamo" mormorò Bill, nervosamente.

Tutti i presenti nella sala comandi trattennero il respiro. Poi, in una nube di metano, la capsula mineraria emerse dal portellone, come un illusionista che compare da una botola in uno sbuffo di fumo. Il suono delle sirene dell'hangar accompagnò la chiusura delle grandi porte che si sigillarono ermeticamente. Dopo di che, sulla sala comandi piombò un silenzio assoluto.

Gli occhi di tutti erano puntati sulla capsula ferma al centro dell'hangar. Delitsky era seduto in punta di piedi e fissava il portellone, trattenendo il fiato.

Si udì un sibilo improvviso e il Dottore sentì Bill trasalire accanto a lui, quando le porte della capsula iniziarono ad aprirsi. Una dopo l'altra, cinque figure corazzate uscirono dal modulo e avanzarono goffamente lungo la passerella, disponendosi in fila davanti alla finestra di osservazione.

Per qualche secondo rimasero lì fermi, immobili e in silenzio; poi, una di loro si fece avanti e sollevò una mano guantata in segno di saluto. Una voce gracchiante e distorta risuonò attraverso gli altoparlanti.

"Siamo i Ba-El Cratt e chiediamo rifugio su questa stazione."

Capitolo Dodici

Laura Palmer fu costretta ad ammettere che il resoconto del suo ultimo turno di servizio avrebbe lasciato perplesso più di un lettore quando sarebbe riuscita finalmente a scrivere le sue memorie. Questo presumendo che i servizi segreti non avrebbero insabbiato tutto, naturalmente. Durante gli anni dell'Accademia aveva sentito un sacco di storie sull'esistenza di agenzie clandestine all'interno della Federazione che si occupavano di situazioni come questa e non desiderava certo scoprire se quelle voci fossero vere. Era ben felice che le cose venissero gestite da Delitsky, invece che da Nettleman.

Come sempre, provava solo rispetto per il Trivellatore Capo. Quest'ultimo, nonostante avesse avuto una giornata che avrebbe ridotto a uno straccio chiunque, stava affrontando gli ultimi sviluppi con una lucidità davvero invidiabile.

In compenso, Nettleman e Rince si erano rintanati accanto all'uscita della sala comandi e sembravano sul punto di darsela a gambe da un momento all'altro. Il Dottore osservava tutta la scena, con espressione indecifrabile. Laura non aveva mai incontrato qualcuno di cui fosse tanto difficile interpretare i comportamenti. A volte sembrava prendere ogni cosa come se si trattasse solo di un gioco (anche se molto complicato); eppure, quando la situazione diventava seria, era pronto a prendere decisioni in grado di salvare innumerevoli vite. Avrebbe solo voluto sapere quali fossero le sue vere intenzioni.

Il suo battito cardiaco prese ad aumentare quando Delitsky fece un passo verso le finestre dell'hangar, pronto a confrontarsi con le creature aliene. Laura notò che si era messo così vicino alla sua consolle che gli sarebbe bastato allungare una mano per azionare il comando di Distacco. Mentre lei lo osservava, vide che le dita del capo cominciavano a digitare le prime cifre del codice che gli avrebbe permesso di spalancare il portellone e svuotare l'intero contenuto dell'hangar nello spazio. Ovviamente, anche il Dottore se ne accorse e vide che le sue labbra si tendevano per la preoccupazione.

"Sono Jorgen Delitsky" tuonò la voce del Trivellatore Capo attraverso gli altoparlanti. "Sono il responsabile di questa struttura. Avete detto di essere i Ba-El Cratt. Bene, cosa siete e da dove venite?"

Una delle cinque figure corazzate fece un passo avanti, reclinando il casco senza volto, come se fissasse la finestra di osservazione sopra di lui.

"Proveniamo da un sistema distante diversi anni luce" cominciò, con una voce simile a un sussurro sibilante. "Siamo rifugiati, in fuga dal nostro pianeta natale, braccati da un invasore che ci ha quasi condannati all'estinzione. I gravi danni riportati dalla nostra astronave ci hanno fatto precipitare su questo pianeta, dove siamo rimasti intrappolati per parecchi cicli planetari."

"Avete detto che cercate rifugio, eppure ci avete attaccati."

"Chiediamo scusa per i problemi che abbiamo creato. Abbiamo tentato di contattarvi in molti modi, ma le nostre specie sono troppo diverse. Alla fine, l'unica possibilità è stata quella di agire direttamente e prendere possesso delle vostre tute pressurizzate."

"Uccidendo uno dei miei uomini nel frattempo."

Laura percepì lo sforzo di Delitsky nel trattenere la rabbia.

"Il vostro compagno non è morto."

Un mormorio agitato riempì la stanza a quella rivelazione. Delitsky zittì i presenti con irritazione.

"Baines è ancora vivo?"

"Si trova al sicuro sulla nostra astronave."

Laura vide che il Dottore aggrottava le sopracciglia, mentre assumeva un'espressione diffidente. Era ovvio che non credeva a quelle parole.

Anche Delitsky sembrava decisamente incredulo. "I nostri sensori non hanno rilevato la presenza di alcuna nave."

"Si trova in profondità nell'atmosfera di questo pianeta" spiegò la voce sibilante. "Abbondantemente fuori dalla portata dei vostri sensori primitivi. Se ci darete ospitalità, collaboreremo con voi per recuperare la nostra nave e il vostro uomo."

Delitsky interruppe la comunicazione e si voltò verso la sua squadra.

"Cosa ne pensate?"

Jo Teske si fece avanti. "Se esiste una possibilità che Baines sia ancora vivo..."

"Sì, lo so" disse Delitsky, rivolgendosi a Laura. "Capitano Palmer?"

Laura ci pensò su per un momento, scegliendo le parole accuratamente. "I Ba-El Cratt parlano di rifugio, di ricevere protezione da chi li ha aggrediti. Questo significa che c'è qualcosa di ostile là fuori e se decidiamo di prendere le loro parti..." Si interruppe. "Capo, non siamo attrezzati per imbarcarci in una guerra interplanetaria. Se esiste una sola possibilità di salvare Baines, allora concordo con la Dottoressa Teske che dovremmo fare qualcosa, ma prima ci servono quei rinforzi. Credo che dovremmo far inviare qui un incrociatore da Ganimede immediatamente." Lanciò un'occhiata al Dottore, come se sentisse l'esigenza improvvisa di rassicurarlo circa le sue intenzioni. "Come precauzione."

Laura vide Nettleman farsi largo attraverso la stanza, per esprimere il suo dissenso alla decisione di Delitsky.

"Questa faccenda riguarda la Kollo-Zarnista, Delitsky. Non potete permettere che i militari prendano iniziative che abbiano effetto su questa struttura senza prima consultare il direttivo della sede centrale."

"La cosa è andata ampiamente al di là della giurisdizione della Kollo-Zarnista" ringhiò Delitsky, in tono adirato. "Ci sono cinque alieni nell'hangar, Nettleman. Cinque membri di una razza sconosciuta. Adesso, la questione è di competenza della Federazione!"

"Siete davvero convinti che sia necessario chiamare in causa l'esercito?" Anche il Dottore non sembrava molto contento all'idea.

"Certo che sì" rispose Delitsky, chiaramente soddisfatto che i suoi uomini fossero dalla sua parte. "Robbins. Non mi importa quello che dice il sistema sulla tempesta, voglio che tu apra immediatamente un canale diretto con il Colonnello Vanezis su Ganimede."

"Sissignore" disse Claire Robbins, precipitandosi verso la sua consolle.

"Cosa intende fare con questi cinque, capo? Chiese Palmer, indicando gli alieni nell'hangar.

Delitsky fece un lungo respiro e si preparò a risponderle, quando il pannello delle comunicazioni esplose alle sue spalle.

Il Dottore si abbassò, mentre fiamme e scintille riempivano la sala comandi. I presenti fuggirono in cerca di riparo e in preda al panico, temendo una seconda esplosione. Il Dottore afferrò prontamente un estintore appeso alla parete e si precipitò alla consolle ancora in fiamme. Lo sbuffo di gas spense le fiamme e Robbins si rimise in piedi a fatica, tossendo e singhiozzando. Il Dottore gettò via l'estintore e la aiutò ad accomodarsi su una sedia.

Jo Teske la raggiunse in un istante e controllò le mani e il volto, in cerca di eventuali ustioni.

"Sto bene" tossì Robbins.

"Sei stata fortunata" disse Jo, in tono serio.

Il Dottore era d'accordo. L'impatto dell'esplosione non l'aveva investita direttamente. Non si era trattato di una detonazione particolarmente forte, ma se si fosse trovata solo un metro più vicino... Si chinò ed esaminò i resti fumanti del pannello.

Accanto a lui, Bill si agitò nervosamente, arricciando il naso per il puzzo di plastica bruciata, che ormai riempiva la stanza. "Cosa è successo?"

"È stata sabotata" commentò il Dottore, ispezionando i circuiti inservibili con sguardo torvo. "Manomessa da qualcuno che voleva bloccare ogni messaggio in uscita."

Bill sgranò gli occhi. "Una bomba?"

"No, non proprio." Il Dottore osservò i resti carbonizzati. "Ritengo che qualcuno abbia collegato i fili in modo da far sovraccaricare il trasmettitore."

"Insomma, un altro sabotaggio" intervenne Delitsky alle loro spalle, fissando la consolle distrutta con aria sgomenta.

"Direi proprio di sì, non le pare?" Il Dottore sembrava molto preoccupato.

"Ma chi?" disse Delitsky, puntando un dito verso la finestra dell'hangar. "Loro?"

"E come avrebbero fatto?" rispose il Dottore, con aria dubbiosa. "Fino a poco fa c'era solo un Ba-El Cratt su questa stazione e non è mai rimasto da solo. Inoltre, il primo tentativo di sabotaggio è stato rivolto proprio contro di lui. "Si rialzò e si ripulì il volto e le mani dalla fuliggine. "No, il nostro sabotatore non è un estraneo, il che ci riporta alla questione di cosa intendete fare con i vostri ospiti." Il Dottore fissò eloquentemente il pulsante del Distacco sulla consolle di Delitsky. "Dopo tutto, l'hangar potrebbe non essere il posto più sicuro in cui restare."

Delitsky comprese il senso di quelle parole e disattivò il comando che azionava il Distacco. "Così va meglio, Dottore? Cosa suggerisce?"

Il Dottore serrò le labbra, riflettendo sulle varie possibilità. Un pensiero improvviso lo colse alla sprovvista. "L'infermeria è dotata di una camera di decompressione, giusto?"

"Esatto."

"Bene, allora. Se è in grado di riprodurre la pressione del pianeta sotto di noi, potremmo offrire ai nostri ospiti un'alternativa migliore delle tute pressurizzate. Insomma, farli stare più comodi, intendo."

"Sembra ragionevole, Jorgen" intervenne Jo Teske, che era rimasta ad ascoltare la conversazione. "Se riusciamo a convincere un paio di loro a usare la camera di decompressione, allora potremmo riuscire a ricaricare le batterie delle tute. Non siamo attrezzati per mantenere in funzione cinque tute corazzate contemporaneamente. In più guadagneremo un po' di tempo per trovare una soluzione migliore…" Si interruppe per un attimo. "Così sarebbe più facile tenerli sotto controllo, se abbiamo ancora dei dubbi su di loro."

"Oh, ho una marea di dubbi. Su Baines, sul sabotatore…" L'uomo sembrò considerare la cosa per qualche momento, poi prese una decisione. "D'accordo, Jo. Proviamoci."

"Mi servirà l'aiuto di Jenloz."

Delitsky scosse la testa. “Mi serve per le riparazioni” rispose, indicando il pannello per le comunicazioni distrutto.

“Posso farcela” disse il Dottore.

Delitsky lo osservò attentamente. “Un altro talento nascosto, Dottore?”

“Ma certo” annuì il Dottore. “Soccorso in miniera, manutenzione tute pressurizzate, riparazione del sistema di comunicazioni... Inoltre, me la cavo molto bene con ago e filo e so cucinare degli spaghetti al ragù fenomenali.”

“Ne sono certo.”

“Jenloz sarà molto più utile di me alla Dottoressa Teske.”

“D’accordo, Dottore. Vediamo cosa sa fare. Ma ti avverto: voglio il sistema di comunicazione di nuovo attivo entro un’ora.”

“Sì, capo!” fece il Dottore, scattando sull’attenti.

Delitsky scrollò il capo e si avviò a grandi passi verso la sala comandi, gridando ordini a chiunque incontrasse. “Palmer, Harrison. Scortate i Ba-El Cratt fuori dall’hangar. La loro incolumità è sotto la vostra responsabilità.”

“Vedo che ti sei trovato un lavoro.”

Il Dottore si voltò e vide Bill che lo fissava con un sorriso divertito.

“Già. E indovina un po’ chi sarà la mia assistente?”

Delitsky rimase a guardare Palmer e i suoi uomini che scortavano i cinque Ba-El Cratt avvolti nelle tute corazzate attraverso l’hangar, fino all’ascensore di servizio. Aveva detto a Palmer di usare la palestra come luogo di accoglienza temporanea, finché non avessero apportato le modifiche necessarie alla camera di decompressione. Non era la soluzione ideale, ma almeno la palestra si trovava sullo stesso livello dell’infermeria, se si fossero verificati problemi.

Si passò le mani sul volto. Santo Cielo, non erano assolutamente pronti a fronteggiare un'emergenza come quella. I suoi uomini erano minatori o tecnici. La situazione richiedeva esperti diplomatici. L'esercito non sarebbe mai arrivato abbastanza in fretta. Eppure, se i Ba-El Cratt erano sinceri, allora Baines era ancora vivo, sebbene Delitsky non riuscisse a immaginare come fosse possibile.

"Capo Delitsky."

Delitsky distolse le mani dal viso e vide Nettleman in piedi di fronte a lui. Il sorriso sul volto dell'uomo non prometteva nulla di buono.

"Cosa c'è, Nettleman?" Delitsky era troppo esausto anche solo per simulare un comportamento educato. "Forse non lo ha notato, ma sono decisamente impegnato, al momento."

"Oh, l'ho notato. E ho notato molte altre cose."

A giudicare dal tono della voce, Delitsky comprese che non avrebbe gradito le parole che stavano per uscire dalla bocca del dirigente.

"Poco fa avete sottolineato senza mezzi termini come in caso di emergenza tutte le decisioni e le responsabilità inerenti la miniera ricadano sul Trivellatore Capo."

"Esatto." Delitsky avvertì un tuffo al cuore quando comprese che stava per arrivare il momento in cui avrebbe pagato l'insolenza con cui aveva liquidato Nettleman poco prima."

"Bene, lasci che le renda il favore. Rince mi ha ricordato che esiste un'altra clausola che prevede altrettanto chiaramente che, nel caso in cui un dipendente della compagnia mineraria Kollo-Zarnista entri in contatto con persone o oggetti di origine ignota che possano produrre conseguenze dirette per il futuro a lungo termine della compagnia stessa, allora *tutte* le faccende relative a quelle persone o oggetti ricadono interamente sotto la responsabilità del dirigente più anziano presente."

Nettleman si protese verso di lui, avvicinandosi fastidiosamente.

"Sarebbe a dire *me*, Delitsky" sibilò. "Quindi, da questo momento in poi, non prenderete *nessuna* decisione sui Ba-El Cratt senza prima consultarmi. Sono stato chiaro?"

"Sissignore."

"Nessuno potrà incontrarli, a parte il sottoscritto. Si assicuri che i suoi energumeni vengano debitamente informati al riguardo."

Senza aspettare risposta, Nettleman si voltò e si diresse con passo deciso verso la sala comandi. Mentre Delitsky lo guardava allontanarsi, si convinse di una cosa: adesso che quell'uomo comandava la stazione, le cose si sarebbero messe molto male per tutti.

***

"Esercito? Cosa intendi con esercito?"

"Va tutto bene. Fidati."

"Fidarmi? Hai detto che ce la saremmo vista con la squadra di sicurezza locale, non con un incrociatore della Federazione."

"Infatti, non sarà così. Ho manomesso il sistema di comunicazioni a lungo raggio prima che potessero inviare la richiesta."

"Hai manomesso... Maledetto idiota. Questo non faceva parte del piano!"

"Non avevo scelta! Ti ho detto che si sono verificati degli imprevisti."

"Beh, adesso direi che hai un altro bel problema. Come pensi di avvisare la fregata, se hai sabotato le comunicazioni a lungo raggio?"

"Io... escogiterò qualcosa."

"Oh, davvero rassicurante."

"Lo prometto!"

"Farai meglio a trovare una soluzione. Altrimenti, potrei decidere di mettere in atto il mio piano personale. Un piano che non ti piacerà per niente. Qui Raptor. Passo e chiudo."

Bill osservò il Dottore che lavorava letteralmente immerso nella consolle delle comunicazioni, intento a riattaccare cavi spezzati e a sostituire circuiti distrutti con il suo cacciavite sonico. Ogni tanto, si sporgeva all'indietro per passare a Bill qualche componente carbonizzato oppure le chiedeva di allungargli qualche attrezzo dall'aspetto bizzarro. Più che un'assistente, Bill si sentiva un tuttofare. Non si sarebbe meravigliata se il Dottore le avesse chiesto di asciugargli la fronte o andare a preparargli del tè.

"Hai quasi finito?"

"Ho quasi finito *qui*" borbottò il Dottore. "Ma devo ancora scoprire cosa ha causato questo disastro."

Bill era confusa. "Cosa?"

Il Dottore fece capolino dalla consolle. Bill dovette sforzarsi per non scoppiare a ridere; i suoi capelli erano diventati un cespuglio incolto e aveva macchie nere sul naso e sul mento.

"Prova a pensarci" disse il Dottore, usando il cacciavite sonico per fissare la parte posteriore del pannello. "In questa stanza c'è sempre un ufficiale di turno addetto alla sorveglianza, ventiquattro ore al giorno, quindi è impossibile che qualcuno si sia introdotto qui senza essere notato."

"A meno che il colpevole non sia proprio l'ufficiale di turno" osservò Bill, maliziosamente.

"Da quando si è verificato l'incidente con Baines, Robbins è sempre stato l'ufficiale incaricato di sorvegliare la sala comandi."

"Oh." Considerando che proprio Robbins aveva quasi rischiato di perdere una mano a causa dell'esplosione, Bill fu costretta ad ammettere quanto fosse improbabile che fosse lei il sabotatore.

Il Dottore si rimise in piedi e si ripulì la giacca dallo sporco e dalla fuliggine. "Ci sono milioni di cavi che corrono sotto questa stazione. Con le giuste conoscenze, qualcuno avrebbe potuto facilmente far saltare i circuiti della sala comandi senza doversi nemmeno avvicinare."

Bill gemette. "Non vorrai mica dire che dobbiamo controllare milioni di cavi..."

"Andiamo" fu la risposta del Dottore. Si voltò e uscì dalla sala comandi. Bill si affrettò dietro di lui. Il Dottore si era già incamminato lungo il corridoio.

"Ehi, rallenta." Fu costretta a mettersi a correre per raggiungerlo. "Dove stiamo andando?"

"Non ne sono ancora sicuro. Limitiamoci a seguire le tracce."

Esaminando i dati rilevati dal suo cacciavite sonico, il Dottore avanzò lungo il corridoio, seguendo chiaramente la traccia di qualche cavo nascosto sotto le pareti. Tutti quelli che incontrava lo guardavano sbigottiti. Bill non poteva biasimarli. Piegato in avanti, con i capelli arruffati e il volto coperto di fuliggine, il Dottore era uno spettacolo davvero inquietante. Comunque, a lui non era mai importato granché del giudizio degli altri.

Continuando a seguire la pista invisibile, il Dottore deviò dal corridoio principale e imboccò uno stretto passaggio di servizio laterale.

Quando si fermò di colpo, per poco Bill non gli finì addosso.

"Ci siamo."

Dopo aver modificato le impostazioni del cacciavite, prese a smontare un pannello posto su una parete. Con l'aiuto di Bill, riuscirono a staccarlo e lo appoggiarono sul pavimento.

"Bene" disse il Dottore. "Ecco il nostro problema."

Bill osservò attentamente. Diversi fili erano intrecciati e una specie di pinza era stata agganciata rozzamente all'intrico di cavi, in modo da collegare due condotti metallici. Ogni cosa all'interno della cavità era bruciata e carbonizzata. Doveva chiaramente essersi verificato un incendio o un sovraccarico elettrico.

Il Dottore allungò una mano all'interno della parete e rimosse la pinza.

"Proprio come pensavo: qualcuno ha manomesso il quadro elettrico, in modo da far saltare il pannello delle comunicazioni."

"Sembra un lavoro piuttosto grezzo."

"Grezzo ma efficace." Il Dottore cominciò a srotolare i cavi ingarbugliati.

Bill si fece scura in volto; qualcosa non la convinceva. "Aspetta un attimo. Chi ha manomesso la tuta pressurizzata in infermeria ha fatto un lavoro da professionista, vero? Intendo dire, si è trattato dell'opera di qualcuno che sapeva ciò che faceva. Invece, questo..." continuò, indicando il disastro di fili elettrici. "Beh, questo è il genere di casino che potrei combinare io. Niente finezze, solo una chiave inglese buttata nel mezzo e... vediamo cosa si rompe."

"Oh..." Il Dottore si interruppe, giungendo improvvisamente alla stessa conclusione di Bill.

"Significa che questo guasto è opera di un'altra persona."

"Infatti." Il Dottore le rivolse uno sguardo che somigliava molto all'approvazione. "Ci sono due sabotatori su questa stazione."

Capitolo Tredici

In piedi accanto al Dottore nell'ascensore di servizio, Bill si sentiva piuttosto fiera di sé. Non le capitava spesso di arrivare a una conclusione prima di lui, quindi decise di assaporare il momento.

Dato che si trattava di un sabotaggio da principianti, il Dottore aveva impiegato poco tempo a riparare il danno e adesso, assieme a Bill, era diretto al server centrale che smistava tutte le comunicazioni per riavviare il sistema. La voce metallica e autoritaria dell'ascensore li informò che non facevano parte del *personale autorizzato* e che il piano da loro selezionato era *riservato*. Tuttavia, anche quel problema fu risolto in fretta.

Quando finalmente scorse il suo riflesso nella parete di alluminio lucido dell'ascensore, il Dottore tentò di sistemarsi i capelli grigi e crespi, usando un grosso fazzoletto di cachemire per ripulirsi dallo sporco. Poi, l'ascensore si arrestò di colpo e le porte si aprirono. Bill si guardò intorno con meraviglia. A differenza del resto della stazione, che le era sembrata uno strano miscuglio di olio per motori e centraline elettriche, questo corridoio era bianco, estremamente pulito e privo di qualsiasi tratto distintivo.

"Da questa parte." Il Dottore infilò in tasca il foulard e si avviò lungo il corridoio, prima di fermarsi di fronte a una grande porta corazzata.

"Un'altra camera blindata?" chiese Bill.

"In un certo senso."

Il Dottore aprì un pannello laterale e attivò di nuovo il suo cacciavite sonico. La porta scorse verso l'alto con un leggero sibilo prodotto dall'aria compressa.

La stanza oltre la porta traboccava di tecnologia costosissima. Bill ridacchiò tra sé, ripensando a quanto era rimasta impressionata quando le avevano mostrato la stanza del server dell'università per la prima volta: in confronto a ciò che aveva davanti, avrebbe fatto una figura ben misera. Su tutte le pareti, fino a scomparire nel buio, correvano file di scaffali che ospitavano i server della stazione. Una costellazione di spie luminose lampeggiava ritmicamente, mentre il ronzio dell'aria condizionata che rinfrescava la stanza mormorava in sottofondo. Collocata davanti agli scaffali, come una specie di altare, si trovava una scrivania dotata di una sola sedia e tre grossi schermi.

Il Dottore scivolò nella sedia, fece schioccare le dita e attivò l'interfaccia. Bill si appoggiò alla parete di fondo e rimase a osservarlo mentre si dava da fare con i comandi; sembrava assolutamente a suo agio, in mezzo a tutta quella tecnologia. Alla ragazza sembrava che per il Dottore quella strumentazione futuristica non fosse altro che un giocattolo, semplice da usare quanto un abaco, rispetto ai macchinari avanzati del TARDIS. Si chiese se esistesse qualcosa al mondo in grado di lasciarlo di stucco…

Il Dottore lavorò in silenzio per diversi minuti; poi, con un sospiro soddisfatto, si appoggiò contro lo schienale e si stiracchiò. "Bene… Dovrebbe funzionare."

"L'hai aggiustato?"

"Ci vorrà un po', prima che il sistema si assesti perfettamente. Però, sì. L'ho sistemato."

Bill si staccò dalla parete e si diresse verso la porta. "Faremmo meglio a tornare alla sala comandi, allora. Per informare Delitsky, intendo."

"Come?" Il Dottore si chinò in avanti e la luce bluastra del monitor illuminò stranamente il suo volto.

"Ho detto che dovremmo dire a Delitsky che hai riparato il sistema di comunicazione."

"Delitsky chiamerà i militari non appena gli diremo che il guasto è stato riparato e io non sono convinto che sia l'idea migliore; perciò, forse sarà meglio aspettare un poco, prima di informarlo. Inoltre, mentre siamo qui voglio dare un'occhiata a qualcos'altro."

"Fantastico" commentò Bill, guardando il Dottore che faceva scorrere uno schema dopo l'altro sugli schermi, concedendosi brevi pause per esaminare più attentamente qualcosa, e passare subito dopo al gruppo di dati successivo.

Trascorsero dieci minuti, poi altri dieci. Bill sbadigliò. Erano stati talmente indaffarati a rincorrere un problema dopo l'altro che non si era resa conto di quanto fosse stanca. Però, adesso che aveva un attimo di tregua... La combinazione creata dal ronzio dell'aria condizionata e dalle luci intermittenti dei server cominciava a farle sentire le palpebre pesanti come piombo.

"Eccolo!"

Il grido di trionfo del Dottore la riscosse dal torpore. Bill si strofinò gli occhi e lo raggiunse alla scrivania per osservare le informazioni che scorrevano in rapida sequenza sugli schermi davanti a lei.

"Trovato qualcosa?"

"L'astronave dei Ba-El Cratt!"

Bill si sforzò di ricordare ciò che avevano detto gli alieni. "Sbaglio o avrebbe dovuto trovarsi troppo in profondità nell'atmosfera di Saturno perché i sensori potessero rilevarla?"

"Questo è quello che hanno detto loro. Ma se fosse davvero così..." Il Dottore fece comparire un'immagine al centro dello schermo. "Allora, cos'è questa?"

Bill si sporse in avanti per osservare meglio l'immagine. Poteva sicuramente trattarsi di un'astronave di qualche tipo, ma... "Aspetta un attimo. Non si trova nell'atmosfera; si trova sugli anelli."

"Proprio così, vero?" Il Dottore aveva quel fuoco nello sguardo tipico dei momenti in cui escogitava qualcosa. "Quindi, questo significa che quella non è l'astronave dei Ba-El Cratt oppure che ci hanno mentito. In ogni caso, penso che dovremmo andare a fondo sulla faccenda, non ti pare?"

"Assolutamente" rispose Bill, con un sogghigno. "Cosa stiamo aspettando?"

"In realtà, ho scoperto dell'altro."

"Lo sapevo che nascondevi qualcosa!"

Il Dottore le rivolse uno sguardo contrariato. "Mentre riavviavo la rete delle comunicazioni, ho dovuto effettuare una scansione delle trasmissioni subspaziali in uscita dalla stazione, in modo da poter ricalibrare correttamente il sistema."

"Se lo dici tu."

"Guarda un po' cosa ha rilevato il computer" disse, facendo comparire un'altra schermata di dati.

Bill fissò il monitor inebetita. Era solo una serie di numeri. "Non so proprio cosa ti aspetti che ci capisca" disse, facendo spallucce.

"Guarda qui" rispose il Dottore, indicando una stringa di codici. "Questa trasmissione subspaziale è stata registrata esattamente undici minuti fa. Prova a riflettere."

Bill ci pensò sopra. "Undici minuti fa tu stavi ancora riparando il sistema delle comunicazioni!"

"Esatto." Il Dottore cominciò a far scorrere i dati sullo schermo. "E una volta identificato quel tipo di trasmissione è facile trovarne un'altra qui, qui e qui..."

"Il sabotatore?"
"Mi sembra piuttosto probabile."
"Ha usato un trasmettitore personale?"
"Sembra di sì."
"Allora, scopriamo chi lo sta usando!" esclamò Bill, eccitata. "Diciamo a Delitsky che abbiamo trovato il suo sabotatore."
"*Uno* dei sabotatori" la corresse il Dottore. "Inoltre, chiunque ci sia dietro, sta usando dell'attrezzatura molto sofisticata per coprire le tracce. Il sistema principale non è in grado di decifrare il contenuto delle trasmissioni né di rintracciare il destinatario o il mittente. Ho dovuto sudare le proverbiali sette camicie solo per fargli ammettere che i dati che ho trovato esistono davvero."
"Quindi, sostanzialmente il computer nega che quelle trasmissioni siano mai avvenute."
"E Delitsky mi sembra il tipo di uomo che bada ai fatti più che alle supposizioni."
"Quindi…" Bill alzò le spalle, sconsolata. "Cosa facciamo adesso?"
"Ci procuriamo un'attrezzatura più avanzata di questa" rispose il Dottore, dando un colpetto alla consolle. "Senza offesa, cara."
"Torniamo al TARDIS?"
Il Dottore annuì. "Proprio così."

Il Dottore aprì la porta della stiva e avanzò nella stanza buia, diretto al TARDIS. "Aspetta un attimo!" esclamò, scomparendo all'interno e lasciando Bill da sola nella penombra.

La ragazza scrutò incuriosita le sagome appena riconoscibili intorno a lei. La squadra di Delitsky aveva trasferito il TARDIS in quel luogo dopo che il Dottore era riuscito a soccorrere Baines, o meglio la creatura che indossava la sua tuta. La stanza era un incrocio tra un magazzino e un laboratorio. Una delle pareti era interamente occupata da un lungo bancone pieno di strumenti dall'aspetto complicato. Sulla parete opposta si trovava una fila ordinata di veicoli di dimensioni diverse; il loro aspetto, per quanto poco familiare, rivelava chiaramente che si trattava di muletti e carrelli elevatori. Sparsi qua e là, si trovavano pezzi di tute pressurizzate, probabilmente in attesa di essere riparate.

A Bill ricordò il laboratorio di Graham, il vicino di Moira. Un giorno le era capitato di fare un salto da lui per chiedere in prestito una pinza per riparare la doccia. Naturalmente, Moira non aveva nemmeno un attrezzo in tutta la casa, ma Bill si era ricordata di aver visto Graham scaricare una cassetta degli attrezzi dal bagagliaio, così le era venuto in mente di rivolgersi a lui. Graham l'aveva portata nel capanno oltre il giardino, aveva tolto il vecchio chiavistello arrugginito e l'aveva invitata a entrare con un certo orgoglio. L'interno del capanno era pieno delle stesse cianfrusaglie e pezzi di macchinari rotti che aveva davanti in quel momento. Bill ricordò di aver visto pile di riviste di meccanica ammucchiate sul pavimento e un modellino incompleto di locomotiva a vapore sul bancone.

Realizzò improvvisamente che quella era la risposta al suo quesito di poco prima, quando si era chiesta che cosa avrebbe potuto sorprendere il Dottore: il capanno di Graham.

"Ecco, prendi."

Il Dottore riemerse dal TARDIS e le appoggiò in mano una scatoletta nera. Era grande più o meno come un telecomando, con un piccolo schermo e due grossi bottoni; uno verde e uno rosso.

"Che cos'è?"

"Attrezzatura più sofisticata."

"Vorrai scherzare, vero?" Agli occhi di Bill, sembrava un giocattolo per bambini su cui qualcuno aveva semplicemente appiccicato due *Smarties*.

"Si tratta di un rilevatore subspaziale estremamente sensibile" rispose il Dottore, ignorando lo sguardo perplesso che gli veniva rivolto. "Dovrai fare in fretta, perché l'interferenza subspaziale lasciata dall'ultima trasmissione sta già svanendo. Questo strumento dovrebbe avere una portata sufficiente a rintracciare la fonte, ma più passa il tempo e meno preciso sarà il risultato."

Bill lo guardò con sospetto. "Cosa intendi con *dovrai* lavorare in fretta? Cosa farai tu, nel frattempo?"

"Cercherò di trovare quell'astronave."

"Non è giusto..." protestò Bill. "Aspetta... Pensavo che non potessi usare il TARDIS. Non hai detto che qualche fesseria gravitazionale avrebbe sconvolto il blablabla spaziotemporale, impedendo di lasciare la stazione?"

Il Dottore sembrò offeso. "Oh, vedo che hai davvero imparato molto dalle mie lezioni. Fesserie gravitazionali? Blablabla spaziotemporale?"

"Non cercare di evitare la domanda!"

"Sì, ho detto che non potevo usare il TARDIS. Ebbene, ho mentito!"

"Perché?"

"Per fare impressione."

"Cosa?"

Il Dottore fece un respiro profondo. "Senti, che tu ci creda oppure no, venire scoperto a rubare diamanti nella camera blindata non faceva parte del piano iniziale. Abbiamo cominciato con il piede sbagliato, quindi avevo bisogno di un espediente che avrebbe convinto tutti a fidarsi di noi."

"Dimentichi che hai cercato di salvare un loro compagno da morte certa."

"Certo. Ma immagina se lo avessi fatto usando il TARDIS. Entro in una scatola, la scatola svanisce e io riappaio qualche attimo dopo con il minatore scomparso. *Et voilà*! Tutti contenti. Invece nell'altro modo..." Il Dottore si fermò e fece un sogghigno. "Ho compiuto un atto eroico, pericoloso ed eccitante."

"Volevi solo vantarti!"

"Stavo dando una dimostrazione del mio talento."

"Sei incredibile!"

"Però ha funzionato, non ti pare?" ribatté il Dottore, in tono fiero. Bill avrebbe voluto prenderlo a schiaffi.

"Allora, dove state pensando di andare voi due?"

Il Dottore e Bill si voltarono e videro il Capitano Palmer che li osservava con circospezione.

"Proprio lei, Capitano Palmer..."

"Dottore, ci è stato di grande aiuto finora, ma come le ho detto prima, temo di non poter..."

"Capitano, nemmeno lei crede che Baines si trovi al sicuro su un'astronave troppo immersa nell'atmosfera di Saturno per essere individuata."

Palmer rimase in silenzio per un attimo, poi scosse la testa. "No, infatti."

"Certo che no. È una storia che non richiede alcuna prova da parte loro e completa fiducia da parte nostra, perché vogliamo tutti credere che Baines è sano e salvo." Lo sguardo del Dottore brillava di eccitazione. "Ma se le dicessi che ho individuato un'astronave tra gli anelli del pianeta? Varrebbe la pena investigare ulteriormente sulla faccenda, non le pare?"

Palmer sgranò gli occhi. "Tra gli anelli?"

"Esatto." Continuando a sostenere il suo sguardo, il Dottore allungò una mano dietro la schiena e aprì le porte del TARDIS.

Palmer assunse un'espressione incredula quando scorse le dimensioni della stanza dietro di lui.

"Le andrebbe di accompagnarmi in un viaggetto?" le chiese il Dottore.

"Non... non posso crederci."

Il Dottore si fece da parte per permettere a Palmer di guardare all'interno del TARDIS.

"È assolutamente incredibile" disse la donna, attraversando la soglia con passo incerto.

Bill rivolse un'occhiata piena di disapprovazione al Dottore. "Smettila di gongolare."

"È un ottimo diversivo" rispose lui, estraendo un mazzetto di targhette di plastica di colori diversi.

Bill le osservò attentamente. "Cosa sono quelle?"

"Chiavi elettroniche."

"Gliele hai appena sfilate dalla cintura?" chiese Bill, in tono accusatorio.

"Sì."

"Se ne accorgerà!"

"No, invece" disse il Dottore, sbuffando. "Le ho appena fornito qualcosa di più interessante con cui tenere impegnata la sua mente."

Bill lo guardò con sospetto. "Va bene, a cosa ti servono?"

"Non servono a me, ma a te" rispose il Dottore, mettendogliele in mano. "Ascoltami bene, Bill." Questa volta nella sua voce non c'era alcuna traccia di ironia. "Ho il brutto presentimento che i nostri amici alieni non siano per nulla amichevoli. Inoltre, non credo di essere l'unico a pensarla così. Queste chiavi di sicurezza dovrebbero aprire ogni porta. Usa il rilevatore per identificare la fonte delle trasmissioni. Quando l'avrai individuata, forse riuscirai a scoprire chi c'è dietro. A quel punto, potrai dire a Delitsky di agire. Se non ci riesci, temo che si verificherà un altro incidente e questa volta potrebbe rivelarsi fatale."

Bill annuì, consapevole della fiducia che veniva riposta in lei.

Il Dottore entrò nel TARDIS, esitando un istante sulla soglia. "Bill... per favore, non correre rischi inutili."

Con queste parole, svanì all'interno.

Bill fece un passo indietro quando le porte si richiusero e il cigolio familiare prese a risuonare nella stanza, mentre la macchina del tempo scompariva lentamente.

La ragazza strinse le chiavi che teneva ancora in mano. Il Dottore le aveva affidato una missione davvero importante. Non lo avrebbe deluso.

Capitolo Quattordici

Nettleman era seduto nella sala riunioni deserta, immerso in un turbine di pensieri intriganti. Dopo un'intera carriera passata in posti come quello, era perfettamente consapevole che i pochi minuti appena trascorsi con i Ba-El Cratt avrebbero potuto rappresentare l'incontro più importante della sua vita.

Era rimasto ad ascoltare la loro storia triste e noiosa su come fossero stati coinvolti in una guerra e poi costretti a lasciare il loro pianeta natio; aveva annuito e aveva assunto un'espressione seria e addolorata, modellando il suo volto in una maschera di preoccupazione e solidarietà. Aveva preso seriamente in considerazione la richiesta di asilo che gli era stata sottoposta, assicurando di essere dalla loro parte, ma chiarendo allo stesso tempo che non si trattava di una decisione che dipendeva solo da lui. L'esperienza gli aveva insegnato che rischi tanto grandi richiedevano il coinvolgimento di altre persone, su cui far ricadere la colpa nell'eventualità in cui le cose non fossero andate come previsto.

Alla fine, aveva persino consigliato ai Ba-El Cratt di offrirgli qualcosa che avrebbe potuto agevolare la loro richiesta presso i suoi superiori...

Era stato allora che la conversazione si era fatta interessante.

Nettleman era giunto nel complesso minerario Kollo-Zarnista 27 con il proposito di arricchirsi smisuratamente. Prorprio quando i suoi piani sembravano dover andare a rotoli, iniziava a rendersi conto di quanto proficua avrebbe potuto rivelarsi la visita degli ospiti inattesi.

I Ba-El Cratt erano capaci di sopravvivere alla pressione schiacciante di quei pianeti immensi e gassosi. Anzi, *prosperavano* in un ambiente del genere. Nettleman ripensò a tutta la tecnologia di cui la razza umana aveva bisogno per poter lavorare laggiù: tonnellate di equipaggiamento e centinaia di persone, per un costo complessivo di svariati milioni di dollari. Senza contare il pagamento in diamanti richiesto dai Cancri. Certo, loro fornivano i macchinari e l'assistenza di base di cui avevano bisogno, ma se tutto ciò non fosse stato più necessario...

Nettleman aveva iniziato a immaginare un nuovo futuro per la Kollo-Zarnista. I Ba-El Cratt avevano bisogno di un posto in cui rifugiarsi. Benissimo, ma perché non dare loro anche un'occupazione? Del resto necessitavano semplicemente di un porto sicuro, un luogo in cui ritirarsi, avvolto nell'atmosfera del pianeta gigante di gas e una squadra di addetti alla sicurezza che li proteggesse dai loro nemici; in cambio, avrebbero estratto i diamanti.

Il suo cuore accelerò i battiti. Se fosse riuscito nel suo intento, ricavare diamanti non avrebbe comportato più alcun costo. Avrebbero potuto risolvere il contratto con i Cancri, chiudere le miniere e risparmiare la busta paga di centinaia di dipendenti. La compagnia avrebbe risparmiato milioni, centinaia di milioni. E sarebbe stato tutto merito suo.

Nettleman si appoggiò allo schienale, chiuse gli occhi e iniziò a sognare la ricompensa che la Kollo-Zarnista avrebbe potuto concedergli se avesse concluso un affare simile.

Laura stava ancora cercando di capacitarsi di ciò che la circondava. Era impossibile che una sala comandi tanto grande si trovasse all'interno di... quella scatola!

All'improvviso, si rese conto che il Dottore la stava osservando. Era in piedi accanto a un macchinario a forma di fungo, che era palesemente una specie di pannello di controllo. Fu allora che Laura ebbe la netta impressione di trovarsi in un'astronave aliena insieme a un uomo di cui non sapeva praticamente nulla. Un uomo che, a giudicare da ciò che vedeva, non proveniva nemmeno dalla Terra.

La sua espressione sgomenta doveva essere fin troppo evidente.

"Tutto bene?"

Laura annuì. "Sì."

"Sono stati gli anelli, vero?"

"Come?"

Il Dottore si mise ad armeggiare con i comandi. "Sono stati gli anelli a farle prendere la decisione. Non è stato l'accenno a qualche astronave aliena e neppure i sospetti sui Ba-El Cratt; non è stata nemmeno la speranza di poter ritrovare Baines ancora in vita. È stato quando ho menzionato gli anelli..."

Laura rise. Anche se non ne capiva il motivo, si sentiva improvvisamente a suo agio. "Era tanto ovvio?"

"Ho incontrato altra gente con l'ossessione per gli anelli, in precedenza" rispose il Dottore, con le labbra piegate in un sorriso amichevole, che dissolse momentaneamente la serietà dei suoi tratti e lo fece sembrare... più giovane? Oppure più vecchio? Laura non ne era sicura.

"Ossessione per gli anelli? Beh, preferirei che questa espressione non saltasse fuori davanti ai miei uomini..."

"Terrò la bocca chiusa."

Laura si guardò intorno, esaminando la struttura della stanza e interrogandosi sugli strani simboli alieni; sembrava tutto così assurdo. "Dunque, a giudicare dall'aspetto, immagino che lei abbia visto parecchi pianeti dotati di anelli in vita sua."

"Qualcuno, in effetti, ma voglio rivelarle un segreto: Saturno è uno dei miei preferiti."

Il Dottore attivò un interruttore e uno degli schermi panoramici prese vita. Laura si avvicinò alla consolle e fissò estasiata l'immagine sullo schermo. Saturno, in tutta la sua gloria. Non si sarebbe mai stancata di quella visione.

"È davvero un caso patologico" commentò il Dottore, con aria chiaramente divertita.

Laura si sentì improvvisamente in imbarazzo e si sforzò di concentrarsi sulla ragione per cui si trovavano lì. "Quindi, l'astronave che ritiene di aver individuato tra gli anelli..."

"*Ritengo* di aver individuato?" L'indignazione spazzò via ogni traccia di allegria dal volto del Dottore. Le sue mani presero a danzare sulla tastiera, ingrandendo l'immagine degli anelli. Una macchia nera apparve in mezzo a quel mare agitato, fatto di rocce e ghiaccio. Il Dottore indicò lo schermo.

"Per produrre una nube simile, deve essersi verificata una collisione in grado di sollevare abbastanza ghiaccio e polvere."

Laura scrollò le spalle. "Potrebbe trattarsi di un fenomeno naturale. Un'altra Peggy."

Il Dottore annuì con approvazione. "Vedo che conosce bene la storia del suo pianeta."

Peggy era un satellite, rilevato per caso da un astronomo terrestre, durante la lontana epoca che precedette la colonizzazione dello spazio. Gli anelli erano pieni di oggetti minuscoli come quelli.

L'immagine venne ingrandita ulteriormente e Laura si protese verso lo schermo per osservarla meglio. Ciò che fluttuava in mezzo agli anelli del pianeta non assomigliava ad alcuna astronave tra quelle che aveva visto fino a quel giorno.

"Come disse una volta un uomo molto saggio: *È la vita, Jim, ma non come la conosciamo noi.*"

"Allora, perché i Ba-El Cratt mentono?" chiese Laura. "Perché raccontarci che la loro nave è andata perduta nell'atmosfera?"

"Forse dovremmo salire a bordo e scoprirlo."

***

"Andiamo, stupido aggeggio!" Bill scosse il rilevatore con rabbia. Per essere un oggetto tanto sofisticato, era anche terribilmente umorale. La ragazza provò a tendere il braccio al massimo, agitando il rilevatore avanti e indietro, nella speranza di captare un segnale. Per fortuna, chiunque altro nel corridoio era troppo impegnato a badare a questioni più urgenti per prestarle attenzione; così, a parte qualche occhiata rivoltale da alcuni passanti, la maggior parte dell'equipaggio si limitò a ignorarla. Tuttavia, fu comunque felice di aver indossato sopra i vestiti una delle tute pressurizzate che aveva recuperato nella stiva. Almeno, non l'avrebbero riconosciuta...

All'inizio, quando aveva attivato il rilevatore, il segnale era stato chiaro e semplice da seguire e l'aveva condotta fuori dalla stiva, fino alle stanze del personale. A quel punto, però, la situazione era peggiorata. Esattamente come previsto dal Dottore, il segnale era svanito rapidamente e Bill aveva fatto sempre più fatica a interpretare i dati del congegno.

Era abbastanza sicura che chi aveva trasmesso quei messaggi si trovasse da qualche parte su quel livello, ma c'erano centinaia di cabine e se anche per assurdo fossero state tutte vuote, sarebbe stato virtualmente impossibile controllarle tutte.

Con suo grande stupore, all'improvviso il rilevatore emise uno stridio acuto e il suono intermittente che l'aveva condotta fin lì riprese a farsi sentire.

"Finalmente!" Bill abbassò il rilevatore ed esaminò i dati. Se non si sbagliava, la fonte del segnale era davvero vicina.

Pregando che il congegno non la piantasse di nuovo in asso, si avviò lungo il corridoio, agitando il rilevatore davanti a sé, mentre il cicalio si faceva sempre più forte e frequente.

Il suono raggiunse un nuovo picco e Bill si ritrovò in piedi davanti a una porta contrassegnata dalla scritta: *Stanze degli ospiti, Personale dirigenziale.* Osservò la targa che recava inciso il nome di *Donald Nettleman.*

"Beccato" esclamò Bill, annuendo soddisfatta. Quell'uomo era un vero squalo; avrebbe provato gusto a smascherarlo.

Mentre rovistava nelle tasche della sua tuta pressurizzata, in cerca delle chiavi di sicurezza che il Dottore le aveva dato, il suono emesso dal trasmettitore si fece ancora più frenetico. Bill abbassò lo sguardo con sorpresa sul congegno. In realtà, il segnale proveniva dalla stanza accanto.

La targa sulla porta riportava il nome di *Clive Rince.* Il sabotatore non era Nettleman, dopo tutto...

Bill controllò velocemente che il corridoio fosse libero e che nessuno la stesse guardando. Quando estrasse le chiavi dalla tasca le venne in mente di non aver mai chiesto al Dottore come funzionassero. Accanto alla porta si trovava una piccola placca argentata. Forse bastava appoggiarvi sopra la chiave. Con suo grande sollievo, la porta si aprì lentamente con un sibilo pneumatico. Bill si affrettò a entrare.

La stanza era spoglia e arredata in modo funzionale, una via di mezzo tra la cabina di una nave e un hotel di bassa categoria. C'erano un letto, una scrivania e un piccolo bagno con doccia. Ogni cosa aveva un aspetto freddo e i materiali dominanti erano plastica e metallo. Bill agitò il rilevatore per la stanza; il segnale stava svanendo di nuovo e molto più in fretta di prima. Il tempo a sua disposizione stava per finire.

Seguendo l'istinto, si diresse verso il bagno e sondò le pareti con il rilevatore. Niente. C'era spazio a malapena sufficiente per la toilette e il lavandino…

Quando tornò nella stanza, il segnale crebbe in maniera improvvisa per qualche istante, prima di spegnersi definitivamente. A ogni modo, Bill aveva avuto la risposta a ciò che cercava. Il trasmettitore si trovava lì, da qualche parte. Si mise a cercare in fretta, aprendo cassetti e armadi, senza trovare altro che vestiti e documenti. Doveva esserci uno scompartimento segreto o qualcosa del genere. Bill si mise a esaminare le pareti e il pavimento. Dopo cinque minuti di ricerca infruttuosa era sul punto di rinunciare, quando qualcosa sul soffitto attirò la sua attenzione. Alcuni cavi erano rimasti incastrati tra uno dei pannelli e la parete di acciaio. Bill si protese verso l'alto per cercare di liberare i cavi, ma questi sembravano ben saldi. Sempre più eccitata, la ragazza notò che il pannello sul soffitto poteva essere rimosso. Il trasmettitore doveva trovarsi proprio lì.

Prese la sedia di metallo dalla scrivania, la collocò al centro della stanza e vi si arrampicò. Mentre si trovava in punta di piedi, cercando di sganciare il pannello del soffitto, avvertì improvvisamente un rumore di passi dietro di lei.

Qualcuno era entrato nella stanza.

Laura aveva guardato incredula il Dottore emergere dal retro della sua astronave con un paio di tute spaziali arancioni sotto il braccio.

"Vorrà scherzare. Non possiamo usare quelle cose!"

"Perché no?" rispose il Dottore, scaricando le tute sul pavimento della sala comandi. Poi, si tolse la giacca e iniziò faticosamente a indossarne una.

"Siamo su Saturno. Ci servono gli invertitori gravitazionali."

"Li abbiamo" disse il Dottore, indicando un piccolo congegno metallico sul collo della tuta.

Laura lo fissò come se fosse matto.

"Quello sarebbe un invertitore?"

"Non diciamolo ai Cancri, però" sogghignò il Dottore.

Sperando ardentemente di non dover trascorrere i suoi ultimi attimi di vita con un pazzo furioso, Laura si tolse la giacca e la cintura dell'uniforme, quindi iniziò a indossare la tuta che il Dottore le aveva porto. Una volta finito, si trovò davanti alle porte vecchie e malconce del TARDIS, mentre il Dottore operava le ultime correzioni per dirigere la nave a pochi passi dal relitto alieno. L'uomo riteneva che tentare di atterrare direttamente al suo interno avrebbe rischiato di farli deviare dalla loro orbita precaria, mettendo in allerta i Ba-El Cratt.

"Inoltre" aggiunse, con un sorriso, "ho pensato che avrebbe apprezzato la rotta panoramica."

La nave ebbe un leggero sussulto prima di stabilizzarsi e Laura avvertì un ronzio flebile nel suo auricolare, mentre il Dottore attivava il campo di forza del TARDIS.

L'uomo si affrettò al pannello di controllo. "Pronta?" chiese, con l'espressione di un ragazzino che sta per mostrare un giocattolo nuovo a un amico.

Laura fece un respiro profondo. "Pronta."

Il Dottore fece schioccare le dita e le porte si aprirono.

Laura mosse il suo primo passo sugli anelli di Saturno.

Capitolo Quindici

Era proprio come nei suoi sogni. Anzi, si corresse Laura, era perfino meglio. Sotto i suoi piedi, gli anelli si estendevano come un'autostrada luccicante, miliardi di tonnellate di rocce e ghiaccio che rotolavano in una danza incredibile. Incapace di credere ai suoi occhi, Laura fece un passo avanti; l'attrito del campo di forza emetteva scintille colorate intorno ai suoi stivali che rendevano l'esperienza ancora più surreale.

Rendendosi conto che stava sorridendo come una sciocca, Laura si voltò verso il Dottore, appoggiato con aria indifferente al TARDIS mentre la osservava. Laura non poté fare a meno di scoppiare a ridere fragorosamente. Era così assurdo. Un uomo che se ne stava appoggiato alla sua stupida scatola blu, contro l'enorme massa ribollente del gigante di gas a fargli da improbabile sfondo. Laura sentì le lacrime scorrerle sulle guance.

"Attenta" disse il Dottore, avvicinandosi e prendendole la mano. "Se continua così, il suo casco finirà per allargarsi."

"Già. Questi aggeggi non sono stati progettati per piangere, starnutire o soffiarsi il naso." Strinse la mano del Dottore, ma i guanti spessi della tuta resero quel gesto più goffo di quanto non volesse. "Grazie per tutto questo."

Il Dottore le rivolse un sorriso impercettibile. "Dovremmo muoverci, adesso."

I due avanzarono lungo il corridoio creato dal campo di forza, diretti all'astronave aliena. Mentre si avvicinavano, Laura notò dei grossi squarci ondulati che si aprivano nello strano materiale di cui era composto lo scafo. Data la netta precisione dei segni, sembrava improbabile che fossero il prodotto di una causa naturale.

"Danni da laser?" azzardò Laura.

Naturalmente, anche il Dottore li aveva notati. "Sono stati creati sicuramente da un'arma a impulsi energetici."

Una volta raggiunta la fiancata della nave Laura allungò una mano per passare il palmo del guanto sulla superfice nera come la pece. "Sembra fatta di pietra."

"Oppure di osso."

"Osso?" ripeté Laura, allontanando la mano con espressione disgustata.

"Proprio così." Il Dottore percorse la fiancata curva dell'astronave, con le labbra serrate mentre esaminava ogni dettaglio con attenzione.

"Sulla Terra, gli Inuit dell'Alaska costruivano le loro imbarcazioni usando ossa di balena. È curioso notare come certi schemi ricorrano nell'universo."

"Crede che si tratti dello scheletro di una specie di animale?" disse Laura, incredula. "Ma è enorme."

"Non è insolito che le creature che abitano pianeti ad alta pressione crescano fino a raggiungere dimensioni tanto considerevoli. Se l'esoscheletro di questi esseri è capace di sopportare pressioni estreme, allora mi sembra sensato che il materiale di cui è composito possa diventare una risorsa preziosa. I Ba-El Cratt devono possedere una tecnologia biomeccanica estremamente sofisticata."

Sofisticata è dire poco, pensò Laura. Non c'era da meravigliarsi che i sensori non avessero rilevato l'astronave. Nulla della sua forma o struttura l'avrebbe classificata come artefatto in senso tradizionale.

"Pensa che quello possa essere un valido candidato?" domandò il Dottore, inarcando la schiena e allungando il collo per osservare meglio un punto imprecisato verso l'alto, sulla fiancata della nave. Laura seguì il suo sguardo. C'era un'apertura nello scafo, meno irregolare dei grossi squarci che avevano notato in precedenza. In realtà, sembrava fare parte della nave. Pareva proprio che il Dottore la ritenesse una specie di ingresso.

Laura esaminò la superficie dello scafo. Inizialmente, quest'ultima le era sembrata molto liscia e regolare, ma da vicino si potevano notare diverse gobbe, rientranze e irregolarità, che avrebbero potuto essere sfruttate per arrampicarsi fino al buco che stava osservando il Dottore. Rischioso ma fattibile.

"Vogliamo provarci?" disse la donna, in tono di sfida.

"Cosa stiamo aspettando?" Il Dottore non perse tempo e iniziò a inerpicarsi sullo scafo ripido. Dopo aver atteso qualche secondo per permettergli di raggiungere una certa altezza, Laura lo seguì, facendo attenzione a usare gli stessi appigli per le mani e i piedi durante la sua salita.

All'improvviso, le tornarono in mente gli anni dell'Accademia e le ore di addestramento trascorse sulla parete da arrampicata. Non avrebbe mai immaginato che si sarebbe rivelata tanto utile per uno scopo simile: arrampicata libera sugli anelli di Saturno. Ecco un altro capitolo per le sue memorie. La differenza era che in Accademia c'era la fune di sicurezza a frenare ogni eventuale caduta. Se fosse scivolata adesso, avrebbe fatto un viaggio di sola andata fino al centro del pianeta.

Tuttavia, pensò, con un po' di fortuna sarebbe potuta finire in mezzo alle rocce che vagavano sotto di lei e diventare parte integrante degli anelli, destinata a orbitare dolcemente per l'eternità. Un'altra *Peggy*. Quello sì che sarebbe stato un bel modo di andarsene.

"Questo ultimo tratto è piuttosto insidioso."

La voce del Dottore la risvegliò dal suo sogno a occhi aperti e Laura si maledisse per essersi lasciata distrarre tanto. Sopra di lei, il Dottore stava proseguendo con cautela verso il bordo dell'apertura. Laura lo guardò con apprensione. I margini del foro erano affilati e lui avrebbe potuto facilmente lacerare la tuta, se non avesse fatto attenzione.

Grugnendo per lo sforzo, il Dottore si issò oltre il bordo e scomparve all'interno della nave. Dopo alcuni istanti, riapparve e la guardò dall'alto dell'apertura, con il volto ancora segnato dalla fatica dell'arrampicata.

"Andiamo, la aiuterò io" disse, allungando una mano guantata.

Laura la strinse con forza, si assicurò di tenersi alla larga dai bordi affilati e si issò oltre la fenditura.

La donna si trovò in un passaggio lungo e stretto, immerso nel buio e nel silenzio. Il Dottore armeggiò con la sua cintura e l'interno della nave venne rischiarato da una luce bianca e intensa, che proveniva dal suo casco.

Laura sussultò e fece involontariamente un passo indietro, barcollando quando il tacco dello scarpone entrò in contatto con il margine dell'apertura da cui era appena entrata.

"Attenta" la ammonì il Dottore, allontanandola dal bordo e accendendo anche la luce del suo casco spaziale.

Laura gli rivolse un cenno di ringraziamento e si incamminò lentamente, osservando lungo il percorso le strane forme aliene che si contorcevano intorno a lei. La teoria del Dottore sul fatto che la nave potesse essere stata una creatura vivente sembrava assolutamente corretta. La nave era così… organica. Era come se qualcuno avesse affidato a un artista stravagante il compito di creare una scultura con un mucchio di ossa e della creta.

"Andiamo, proviamo da questa parte." Il Dottore imboccò un corridoio, che all'apparenza non sembrava affatto in linea con la strana natura biologica del veicolo. Laura si affrettò a seguirlo; non voleva restare da sola nemmeno per un momento in quel posto buio e inquietante.

"Bill?"

Il fiato che Bill aveva trattenuto si liberò in un sospiro di sollievo quando riconobbe la voce di Jo Teske. "Oh, grazie al cielo. Mi hai fatto prendere un colpo."

Jo la guardò divertita restare in equilibrio sulla sedia. "Ero andata a recuperare dell'attrezzatura nella mia cabina quando ho visto la porta aperta e ho sentito dei rumori... Bill, questa è la stanza di Rince. Che cosa diavolo ci fai qui?"

Bill saltò sul pavimento, visibilmente eccitata. "Jo, è qui. Credo di averlo trovato."

"Trovato cosa?"

"Il trasmettitore; la prova che Rince è il sabotatore!"

"Trasmettitore? Quale trasmettitore?" Jo la prese per le spalle. "Bill, vuoi calmarti un attimo e dirmi di cosa stai parlando?"

Bill fece un respiro profondo e le spiegò della nave nascosta tra gli anelli, del modo in cui il sistema di comunicazioni era stato rozzamente manomesso e del segnale subspaziale che il Dottore aveva rintracciato. A giudicare dall'espressione della sua faccia, Bill immaginò che Jo facesse fatica a credere alle sue parole, ma la prova che stava cercando si trovava letteralmente ai suoi piedi.

Jo accettò con riluttanza di aiutarla a rimuovere il pannello dal soffitto, ma dopo diversi faticosi minuti fu chiaro che non sarebbe stato facile smontarlo.

"È inutile, Bill. *Sembra proprio* che si possa rimuovere, ma è chiaramente fissato in qualche modo."

Bill fu costretta a darle ragione. "Se il Dottore fosse qui, probabilmente riuscirebbe a staccarlo in pochi secondi con il suo cacciavite sonico." Di colpo, le venne un'idea. "Il capanno di Graham."

"Cosa?" Jo la guardò come se fosse matta.

"Andiamo. Ci servono degli attrezzi."

Il passaggio che Laura e il Dottore stavano seguendo si allargò improvvisamente e sfociò in una stanza buia e ovale. Proprio come il resto della nave, la camera era uno strano miscuglio di pareti curve e strutture sporgenti.

"Ah, la sala comandi" disse il Dottore, attraversando rapidamente l'ingresso.

"Come ha capito che si tratta proprio della sala comandi?" chiese Laura, affrettandosi a seguirlo.

"Ovvio" sbuffò il Dottore, quasi irritato da quella domanda. "Ho già visto abbastanza navi biomeccaniche per riconoscere una sala comandi. Navi Zygon e Axon… Persino il TARDIS ebbe origine come un'escrescenza di corallo, anche se ho l'impressione che non abbia mai ricevuto acqua a sufficienza."

"Ma…" Laura si guardò intorno, allibita. "Come funziona? Dove sono i comandi, la strumentazione…"

"Qui" rispose il Dottore, infilando la mano in una delle centinaia di rientranze che punteggiavano le pareti, il pavimento e il soffitto della stanza.

Laura sbirciò nel foro. "Non c'è nulla qui dentro. Niente cavi né circuiti."

"Sta ancora pensando come se si trattasse di un macchinario classico." Il Dottore ritirò la mano dalla fessura e sospirò. "Immagino che non sia colpa vostra. Dopo tutto, cercate di fare del vostro meglio, malgrado i vostri cervelli in miniatura."

"Ehi!"

Ignorando lo sguardo indignato di Laura, il Dottore tirò la manica della sua tuta. "Perché indossiamo queste attrezzature?"

"Perché abbiamo bisogno di qualcosa che riproduca la nostra atmosfera. Qualcosa che ci protegga dal freddo, dalle radiazioni e dallo spazio."

"E se le nostre tute si danneggiano?"

"Soffochiamo, congeliamo oppure il nostro sangue ribolle."

"Esattamente! Non c'è nulla che trattenga la pressione del nostro corpo. Quindi, considerando tutto ciò che abbiamo imparato sui Ba-El Cratt, devono essere una forma di vita acquosa."

"Acquosa? Intende dire liquida?"

"A dire il vero, sospetto che siano gelatinosi, con una consistenza simile al budino… Provi a pensare cosa succede a un liquido sotto pressione quando lo si rilascia in un'atmosfera come quella terrestre."

Laura rifletté sulle sue parole. Se i Ba-El Cratt erano davvero forme di vita liquide ad alta pressione, allora probabilmente erano costretti a conservare quella pressione per continuare a esistere. Senza di essa, il liquido di cui erano composti si sarebbe trasformato in gas. Sarebbero letteralmente svaniti in una nube di vapore. "Non deve essere semplice vivere a quel modo."

"Deve essere praticamente impossibile!" aggiunse il Dottore.

Laura si guardò intorno, cercando di orientarsi in un ambiente del tutto alieno. "Quindi, sostiene che usino queste navi come dei… *contenitori*?"

Quell'affermazione strappò un sorriso al Dottore. "Proprio così!" Raggiunse il centro della stanza, allargò le braccia e ruotò su se stesso lentamente. “I componenti dell’equipaggio riempivano letteralmente fino all’orlo questo locale. Provi a pensarci: niente connessioni, comunicazioni, macchinari e tecnologia, niente grida o strilli. Controllo diretto. L’intero equipaggio che fluiva attraverso l’astronave, come se si trattasse di un’unica creatura; gli ordini, le istruzioni, le conversazioni... tutto scorreva tra di loro.”

“Finché non si sono schiantati.”

“Esatto. Nel vostro sistema solare esistono solo tre pianeti su cui avrebbero potuto sopravvivere, tre giganti di gas in grado di fornire loro la pressione necessaria.”

“Hanno corso un rischio enorme per arrivare fin qui.”

“Infatti” rispose il Dottore, con aria pensierosa. “Mi chiedo cosa li abbia spinti.”

Laura rifletté per qualche momento. “Però, se possono sopravvivere solo a pressioni estremamente elevate, allora come mai la nave si trova in orbita quassù, mentre loro sono finiti più in basso nell’atmosfera del pianeta?”

“Non saprei” disse il Dottore, con una scrollata di spalle. “Immagino che se ci mettessimo a cercare, troveremmo l’equivalente di una capsula di salvataggio.” Poi, il suo volto si contrasse, come se fosse stato colpito da un pensiero improvviso. “Dobbiamo trovare il registro di bordo o qualcosa del genere.”

Il Dottore sfoderò il cacciavite sonico e iniziò a esaminare i diversi buchi e fessure che si trovavano sulle pareti. Laura lasciò indugiare lo sguardo sulla stanza. Le sembrava sempre più improbabile riuscire ancora a trovare Baines incolume. Anche se i Ba-El Cratt fossero stati in grado di trasportarlo lassù in qualche modo, non ci sarebbero state possibilità di sopravvivenza in un ambiente simile, senza la tuta pressurizzata.

La sua attenzione venne attirata da una delle aperture sulla parete opposta. Se esisteva anche una minima possibilità che Baines si trovasse prigioniero da qualche parte su quella nave, allora doveva tentare. Si voltò per comunicare al Dottore le sue intenzioni, ma l'uomo era accovacciato dall'altra parte della stanza, con un braccio infilato fino alla spalla in una delle fessure più grandi, mentre la luce verdastra del suo congegno proiettava la sua ombra tremante sul soffitto.

Laura preferì non disturbarlo e si avviò verso l'uscita; quando si chinò per attraversare l'apertura, la luce del suo casco illuminò lo stretto passaggio davanti a lei. Proprio come il resto della nave, la strana consistenza ossea delle pareti non fece che accrescere il suo nervosismo. Era come trovarsi nel ventre di una creatura enorme.

Avanzò cautamente lungo il corridoio, puntellandosi alle pareti, mentre il terreno sotto i suoi piedi si faceva sempre meno regolare. Dal momento che si trovava in un'astronave in cui l'equipaggio riempiva letteralmente ogni ambiente come l'acqua di un acquario, non poteva nemmeno essere sicura di procedere nella direzione giusta. Per quanto ne sapeva, poteva perfino camminare sul soffitto, in quel momento.

Il corridoio cominciò a restringersi ulteriormente e Laura si lanciò un'occhiata nervosa alle spalle. Tutto d'un tratto il varco che conduceva alla sala comandi le sembrò incredibilmente lontano, convinvendola che esplorare la nave da sola fosse stata una decisione azzardata. Chiuse gli occhi, sforzandosi di rallentare il battito cardiaco. Era ridicolo, disse a se stessa, con rabbia. Dopo tutto, era un ufficiale della Federazione esperto e ben addestrato.

"Allora, comportati come tale" mormorò a bassa voce. "Non come una ragazzina dentro alla casa delle streghe di un parco giochi."

Puntò il fascio di luce proiettato dal casco verso il passaggio davanti a lei. La struttura aliena e contorta rendeva difficile valutare esattamente le distanze, ma sembrava che il corridoio si interrompesse bruscamente alcuni metri più in là. Ricominciò ad avanzare. Se si fosse rivelato un vicolo cieco, avrebbe girato i tacchi e sarebbe tornata indietro.

Mentre si avvicinava alla fine del corridoio, si rese conto che in realtà anche questo sboccava in un locale simile alla sala comandi, ma molto più piccolo. In un angolo della stanza, le parve di vedere qualcosa sparso sul pavimento.

Ruotò la testa, nel tentativo di dirigere il fascio di luce sugli oggetti a terra, per capire meglio di cosa si trattasse. Quando la luce illuminò ciò che si trovava sul pavimento, Laura venne assalita da un senso di orrore crescente. In quello stesso istante, avvertì un rumore di passi pesanti provenire dal corridoio alle sue spalle.

Girò su se stessa, preparandosi a fronteggiare il suo assalitore, ma si trovò davanti il volto del Dottore deformato dal panico, visibile a stento attraverso la condensa del casco causata dal suo respiro affannato. "Dobbiamo tornare alla stazione" boccheggiò. "Subito."

"Un momento!" gridò Laura, mentre l'uomo si affrettava di nuovo attraverso il passaggio angusto. "Dottore, penso che possa essere Baines."

Laura si fece da parte, per permettere al Dottore di illuminare con la sua torcia quello che aveva trovato. Erano ossa. C'erano parecchie ossa sparse sul pavimento e il teschio che sembrava fissarli dalle orbite vuote era chiaramente umanoide.

Il Dottore si precipitò verso i resti, si chinò e prese a esaminarli con il suo cacciavite sonico. "No, non si tratta di Baines" disse, in tono tetro. "Queste ossa appartengono a più di un corpo e non sono umane."

"Ma allora, chi..."

"Sono Cancri" rispose il Dottore, rialzandosi. "Sono i Cancri gli alieni con cui i Ba-El Cratt sono in guerra."

Capitolo Sedici

In piedi davanti al banco di lavoro della stiva, Bill avrebbe voluto gridare per la frustrazione. A differenza della mensa, in cui tutto gli era parso piuttosto noioso e familiare, in quel posto non riusciva a trovare nulla che assomigliasse vagamente a una chiave inglese o a un cacciavite.

Jo si limitava a osservarla dalla porta.

"Beh, perché non vieni qui ad aiutarmi a trovare qualcosa che possa permetterci di smontare il pannello del soffitto?"

Jo fece un sospiro profondo. Bill ebbe l'impressione che l'ufficiale medico pensasse che fosse una perdita di tempo. "Bill, è una follia. Dovremmo informare Delitsky dei tuoi sospetti."

"Non posso. Non ancora." Bill sapeva bene che senza l'aiuto del Dottore avrebbe avuto bisogno di prove concrete per sperare di convincere il capo. Il trasmettitore era l'unico oggetto che avrebbe potuto dare forza alla sua tesi. "Ti spiace, Jo?"

"Va bene, va bene" rispose la donna, raggiungendola al bancone. "Cosa ti serve?"

"Non lo so. Una specie di cacciavite oppure una chiave inglese."

Jo esaminò il bancone cosparso di attrezzi. "Non vedo nulla, qui."

"Questo lo so anch'io. Perché non provi a dare un'occhiata in quell'armadietto metallico laggiù?"

Jo si avviò con scarso entusiasmo verso l'armadietto all'altro capo del bancone. "È di Jenloz."

"Come fai a saperlo?"

Jo indicò un gruppo di strane lettere arabeggianti dipinte in giallo sulla porta. "È il suo nome nella lingua dei Cancri. Ha passato tutto l'anno scorso a cercare di insegnarmi a leggerlo." La donna tentò la maniglia. "È chiuso a chiave."

"Ecco qui" rispose Bill, lanciandole il mazzo di chiavi elettroniche. "Prova una di queste."

Jo le prese al volo. "Ma queste sono..."

"Lascia perdere!"

Mentre Jo provava una chiave dopo l'altra, Bill si chinò sotto il bancone ed estrasse un paio di cassette degli attrezzi. Anche quelle erano chiuse a chiave. Stava per chiedere a Jo di restituirle le chiavi, quando udì un grido spaventato seguito da un tonfo assordante.

Bill si rialzò in fretta. Jo era riuscita ad aprire l'armadietto, causando però la caduta degli attrezzi che erano stati appoggiati in modo precario dietro lo sportello. Aveva combinato un bel disastro, ma in mezzo a quella confusione Bill scorse proprio ciò che cercava.

"Bel colpo."

Si lanciò a recuperare una delle chiavi inglesi sul pavimento, ma nella fretta scivolò su un piccolo oggetto metallico, finendo a terra.

"Ahi!"

"Tutto bene?" chiese Jo, aiutandola a rialzarsi.

"Sì, non ho guardato dove mettevo i piedi."

Bill abbassò lo sguardo per vedere su cosa fosse inciampata. Mentre protendeva la mano verso l'oggetto, avvertì un improvviso brivido di paura."

"Oh, no..."

"Che cosa c'è?"

Bill porse l'oggetto a Jo, in modo che potesse osservarlo. Si trattava di un intrico complesso di circuiti elettronici. Dai vaci e dai e connettori penzolanti risultava evidente che si trattava del pezzo di un meccanismo più grande. Una sezione dell'involucro metallico era dipinta con una vernice rossa vivace. Era il regolatore di pressione che era stato rimosso dalla tuta di Baines. Le due donne si fissarono per un momento, poi si voltarono contemporaneamente verso il nome scritto in Cancri sulla porta dell'armadietto.

"Jenloz" sussurrò Jo.

Bill annuì, realizzando che era riuscita involontariamente a smascherare non uno, ma entrambi i sabotatori. Jo sgranò gli occhi per l'orrore, quando ricordò improvvisamente il compito che era stato affidato all'Ingegnere Capo.

"La camera di depressurizzazione. Bill, cercherà di uccidere gli altri!"

Il Dottore percorse di gran carriera il corridoio principale che partiva dalla sala comandi, con la tuta ingombrante che faceva sembrare la sua falcata ancora più goffa del solito. Laura riusciva a stento a stargli dietro.

"Questa nave è stata lasciata qui deliberatamente" gridò.

"Ma i Ba-El Cratt hanno detto di essere precipitati per poi andare alla deriva."

"Hanno mentito. Proprio come hanno mentito su Baines. Volevano ottenere la vostra fiducia e quale modo migliore di fingersi dei poveri rifugiati?"

"Come può esserne sicuro?" domandò Laura, ansimando.

"Sono riuscito ad accedere al loro registro di bordo. Non è stato semplice, visto che era progettato esclusivamente per forme di vita senzienti ad alta pressione e semi gelatinose, ma visto che sono un genio…"

Laura avrebbe voluto colpirlo. Anche in una situazione come quella, doveva fare lo sbruffone. "Vuole smetterla di darsi tante arie e dirmi cosa ha scoperto?"

"La nave ha fatto rotta verso Saturno seguendo una traiettoria programmata che ha permesso ai Ba-El Cratt di abbandonare la nave quando si trovava a una profondità di sicurezza. Poi il vascello ha ripreso quota, è entrato nell'orbita del pianeta, tra gli anelli, ha spento i motori ed è rimasto qui, praticamente invisibile."

"Ma perché si sono gettati fuori bordo a quel modo?" chiese Laura, quando raggiunsero l'apertura dello scafo da cui erano entrati.

"Perché l'atmosfera di Saturno è estremamente simile all'ambiente naturale in cui vivono queste creature. Per voi è impossibile da raggiungere senza tutta la tecnologia necessaria ed è abbastanza instabile elettricamente da impedire ai sensori di individuarli al loro arrivo. Inoltre, presumo che siano in grado di richiamare la loro astronave in qualsiasi momento, se le cose dovessero mettersi male."

Il Dottore aveva quasi attraversato l'apertura e stava per iniziare a ridiscendere lo scafo. Capendo che non aveva alcuna intenzione di aiutarla, Laura si affrettò a raggiungerlo.

"Ma perché?"

"Vi studiavano da tempo, aspettando il momento giusto per compiere la loro mossa. Immagino che si trovassero lì da settimane. Sono riusciti a sopravvivere piuttosto bene nell'atmosfera di Saturno e questo ha concesso loro un sacco di tempo per pensare a come utilizzare le tute pressurizzate dei minatori per sopravvivere nella vostra atmosfera."

Il Dottore saltò a terra e il campo di forza crepitò furiosamente sotto i suoi piedi. Si mise a correre verso il TARDIS e Laura ebbe l'orribile sensazione che se non si fosse data una mossa non la avrebbe aspettata. Saltò dallo scafo quando mancava ancora un metro e mezzo al suolo e atterrò sulle ginocchia con un impatto che la lasciò senza fiato.

Si rimise in piedi a fatica e scattò in avanti, lanciandosi dentro le porte ancora aperte del TARDIS. Il Dottore si era già tolto il casco e stava danzando intorno alla consolle, premendo bottoni e tirando leve come un ossesso.

Mentre Laura lottava con la chiusura del proprio casco, le porte si chiusero di scatto dietro di lei e quello strano cigolio raschiante e metallico prese a risuonare di nuovo nella stanza, mentre il TARDIS si staccava da terra.

Con un sussulto, Laura lasciò cadere il casco sul pavimento. Zoppicò attraverso la stanza, con il volto contratto per il dolore causato dalle ginocchia sbucciate e si diresse verso il Dottore, che aveva un'espressione decisamente tetra.

"Va bene" disse Laura, cercando di riprendere fiato. "Diciamo che ha ragione su tutto. Comunque, non significa che i Ba-El Cratt costituiscano una minaccia immediata. Non hanno compiuto alcuna azione ostile nei nostri confronti."

"Come pensa che reagiranno quando scopriranno che la stazione è gestita in accordo con i Cancri? Ha detto che non vuole venire immischiata in una guerra. Bene, quella nave laggiù in mezzo agli anelli è un incrociatore e anche uno dei meglio equipaggiati. Se i Ba-El Cratt vi vedranno come *alleati* dei Cancri, allora la guerra mi sembra la conseguenza più ovvia."

In quel momento, un allarme prese a risuonare nella stanza e il Dottore si voltò a controllare il pannello principale.

"Oh, no..."

"Di cosa si tratta?"

Il Dottore premette un tasto e attivò uno degli schermi. Il volto di Laura divenne pallido come un cencio, costringendola ad appoggiarsi al corrimano che circondava la consolle per non perdere l'equilibrio.

"Oh, santo Cielo."

Sullo schermo, il complesso minerario 27 della Kollo-Zarnista stava sprofondando lentamente tra le nubi di Saturno, mentre da uno squarcio nello scafo eruttavano detriti e lingue di fuoco.

"Temo che la guerra sia già iniziata" disse il Dottore.

Capitolo Diciassette

In qualsiasi altra circostanza, l'improvvisa materializzazione del TARDIS in un angolo della sala comandi avrebbe potuto generare il panico, ma in questo caso nessuno si degnò di dedicargli un'occhiata attenta. Persino il solito gemito cigolante fu sommerso dalla combinazione di grida e sirene di allarme. Erano tutti troppo occupati a sopravvivere.

Tuttavia, una persona notò il suo arrivo e si precipitò verso le porte che si aprivano per lasciare uscire Laura e il Dottore.

"Dottore!" Bill non era mai stata tanto felice di vederlo. Con grande sorpresa di entrambi, gli gettò le braccia al collo e lo abbracciò, in un impeto di sollievo. "Stavo cominciando a pensare che ti fossi perso, sai?"

Il Dottore si divincolò dall'abbraccio, con aria imbarazzata. "Stai bene?"

"Cosa è successo?" chiese Laura, alquanto sorpresa dalla grande confusione.

"Jenloz" rispose Jo Teske, che aveva notato il loro arrivo a sua volta. Scambiò una rapida occhiata con Laura e il suo sguardo si posò brevemente sulla scatola blu appena apparsa dal nulla. Ne avrebbero discusso più tardi. Sempre che ne fossero usciti vivi, ovviamente.

"Che cosa ha fatto?" domandò il Dottore, in tono pressante.

"Ha sabotato la camera di decompressione dell'infermeria. Crediamo che abbia usato un piccolo congegno esplosivo."

"Piccolo?" ripeté Laura, appoggiandosi al TARDIS quando lo scoppio attutito di un'altra esplosione fece tremare l'intera stazione.

"Due Ba-El Cratt si trovavano all'interno della camera in quel momento" spiegò Jo. "Le loro tute devono essere state danneggiate dallo scoppio iniziale..."

"Causando una deflagrazione più violenta a causa della decompressione" concluse il Dottore.

Jo annuì. "L'esplosione si è portata via l'infermeria e una porzione consistente dello scafo" disse, con aria cupa. "Oltre a sei uomini dell'equipaggio."

"Siete sicure che sia stato Jenloz?" chiese Palmer.

"Nel suo armadietto abbiamo trovato il regolatore di pressione che era stato sottratto dalla tuta di Baines" rispose Bill.

Palmer lanciò un'occhiata al Dottore. "Questo conferma la sua teoria..."

"Abbiamo anche scoperto chi ha trasmesso quei messaggi segreti."

"Messaggi segreti?" disse Palmer, scura in volto. "Di cosa parlate?"

"Non c'è tempo per tutte queste spiegazioni, adesso" tagliò corto il Dottore. "Devo salvare questa stazione e tutti coloro che vi si trovano in questo momento."

Il Dottore localizzò Delitsky in mezzo alla confusione e si precipitò al suo fianco. Il Trivellatore Capo e i suoi uomini si stavano affannando ai comandi, facendo del loro meglio per riuscire a stabilizzare la piattaforma danneggiata ed evitare che precipitasse inesorabilmente verso il centro del pianeta. Il Dottore ebbe l'impressione che non stessero avendo molto successo.

"Ah, ben arrivato" disse Delitsky, senza distogliere lo sguardo dal pannello. "È bello averla di nuovo tra noi."

"Ero molto impegnato." Il Dottore esaminò velocemente la consolle, registrando mentalmente i dati e le impostazioni. "Posso essere di aiuto?"

Delitsky emise una risata priva di allegria. "Si accomodi pure. A questo punto, sono aperto a ogni suggerimento." A giudicare dal suo tono di voce, era chiaro che riteneva non ci fosse più molto da fare.

Il Dottore diede uno sguardo al pannello che monitorava gli invertitori gravitazionali e aggrottò le sopracciglia. I macchinari Cancri sembravano non essere rimasti danneggiati; tuttavia, non stavano operando correttamente.

"Gli invertitori sono fuori fase. Perché non sono sincronizzati?"

"Perché l'esplosione ha tranciato uno dei cavi principali. Una squadra ci sta già lavorando, ma..." Delitsky scrollò le spalle. "Si tratta di un danno molto esteso. Non ce la faranno mai in tempo."

"Non potete ridistribuire l'energia?"

"È quello che stiamo provando a fare. Robbins sta inviando i dati attraverso il sistema interno di comunicazione, ma la rete non è in grado di gestire il flusso di informazioni abbastanza in fretta."

Il cervello del Dottore lavorò febbrilmente. Gli invertitori gravitazionali operavano in sincronia tra di loro, controllando la massa della stazione a ogni millisecondo e regolando le impostazioni antigravitazionali di conseguenza. L'interruzione di comunicazione tra i quattro dispositivi aveva causato uno sbilanciamento.

Quattro dispositivi...

"Sfere..."

Delitsky lo guardò confuso. "Cosa?"

"Sfere!" Il Dottore attraversò di corsa la stanza, diretto verso Palmer. "I vostri robot… Come avete detto che si chiamano? La Pattuglia Aerea?"

Il Capitano annuì. "Esatto."

"Fateli venire qui."

"Adesso?" disse Laura, senza capire.

"Adesso!"

Il tono del Dottore era talmente sconvolto che Laura preferì non obiettare. Si diresse verso un pulsante di allarme posto sulla parete e lo premette. Immediatamente, l'ennesima sirena si unì alle altre nella cacofonia della sala comandi.

Il Dottore estrasse il cacciavite sonico dalla tasca, si voltò e rimase in attesa. Alcuni istanti dopo, i quattro robot di sicurezza scaturirono dai loro condotti di lancio e ronzarono al centro della stanza.

"Ah, eccovi qui. John, Paul, George e Ringo. Ho un lavoretto per voi, ragazzi." Il Dottore si rivolse a Laura e aggiunse: "Ho bisogno che disattivi le impostazioni di sicurezza."

Laura lo guardò sbigottita. "Non posso."

"Deve farlo."

"Non posso. È contro tutte le regole. Significherebbe la fine della mia carriera…"

"La sua carriera?" ripeté il Dottore, scoppiando in una risata amara. "La sua carriera si concluderà presto, esattamente come le carriere di tutte le altre persone a bordo di questa stazione, a meno che non mi lasci il controllo di questi robot."

Lei lo fissò e il Dottore poté leggere chiaramente nei suoi occhi il conflitto che stava vivendo.

"Mi ascolti" continuò il Dottore, questa volta in un filo di voce. "Posso salvare questa gente. Ognuno di loro. So come riallineare gli invertitori e come ripristinare l'orbita corretta della stazione, ma per farlo ho bisogno di quei robot. Se lei non mi aiuta, allora..."

Quasi a conferma delle sue parole, uno schianto inquietante risuonò attraverso la stazione quando lo scafo venne schiacciato ulteriormente nella morsa di Saturno. Laura fece un respiro profondo e sollevò lo sguardo sui robot che aleggiavano sopra di lei.

"Sono il Capitano Laura J. Palmer, ufficiale di sicurezza della Federazione per il complesso minerario 27 della Kollo-Zarnista, tesserino numero 047-K1Z. Attivare riconoscimento vocale."

Ciascuno dei robot emise una serie di gorgheggi elettronici.

"Iniziare disattivazione delle impostazioni di controllo. Confermare."

I robot emisero un altro ronzio di conferma e una spia verde si accese sui loro involucri.

Laura fece un passo indietro e agitò un braccio verso le sfere fluttuanti. "Sono tutti suoi."

Il Dottore si strofinò le mani e si diede da fare. "Bene, ragazzi. Innanzi tutto, ho bisogno che localizziate tutte quelle noiose leggi penali nella vostra memoria e le cancelliate."

Laura Palmer si morse un labbro per la frustrazione.

"Immagino che questi robot siano capaci di interfacciarsi con gli altri terminali della stazione, vero?" chiese il Dottore.

"Adattatori positronici standard."

"Bene." Il Dottore dedicò di nuovo la sua attenzione al pannello di controllo principale e iniziò a regolare le impostazioni del suo cacciavite sonico, continuando a impartire ordini ai robot. "Non appena avrete finito, liberate i vostri canali per la comunicazione e restate in attesa di istruzioni prioritarie. Vi darò un bel po' di lavoro!" Poi, ruotò su se stesso per rivolgersi a Delitsky. "Adesso, voglio Jenloz qui."

Il Trivellatore Capo fece per ribattere, ma prima che riuscisse a dire una sola parola, il Dottore lo zittì sollevando un dito ammonitore. "I calcoli gravitazionali necessari a riportare in fase gli invertitori sono incredibilmente complessi. Sono perfettamente in grado di farlo da solo, ma devo ammettere con grande rammarico che Jenloz sarebbe molto più veloce di me. Ora, devo ripetere lo stesso discorso che ho appena fatto al Capitano Palmer o intende fidarsi di me?"

Delitsky allungò una mano e premette il suo auricolare. "Sergente Harrison, la prego di portare l'Ingegnere Capo alla sala comandi. Immediatamente."

Bill osservò il Dottore lavorare a velocità incredibile. Sembrava che stesse praticamente ricostruendo il computer, sfrecciando da un pannello all'altro e fermandosi solo pochi istanti per esaminare una serie di grafici terribilmente complicati sui vari schermi, prima di tuffarsi di nuovo sul pannello principale per estrarre fili e sostituire circuiti.

Non alzò neppure lo sguardo quando Jenloz venne scortato nella sala comandi e spinto sul sedile accanto a lui.

"Non può lavorare ammanettato" sbottò il Dottore, usando il cacciavite per operare un'altra leggera correzione.

A un gesto di Delitsky, Harrison tolse le manette ai polsi del piccolo Cancri.

Il Dottore scivolò accanto a lui. "Ho bisogno che carichi le equazioni gravitazionali su questi robot" gli spiegò con calma. "La loro struttura di emergenza è in grado di gestire il flusso di dati necessario a ripristinare la sincronia degli invertitori e stabilizzare la stazione."

Jenloz rimase immobile. Bill trattenne il fiato, aspettando la prossima mossa del Dottore.

"Immagino che non fosse tua intenzione causare uno scoppio tanto violento. Il tuo piano era quello di distruggere la camera pressurizzata e uccidere tutti i Ba-El Cratt che potevi. Però, non hai considerato l'effetto esplosivo della decompressione, vero?"

L'Ingegnere Capo rimase in silenzio.

"Lo so che ti ritieni un soldato e che questo giustifica in parte le tue azioni, ma non sei in guerra con le persone che si trovano in questa stanza né con l'equipaggio con cui hai lavorato su questa stazione. Non credo che ti importi molto se io penso che tu sia un soldato oppure no. Tuttavia, non ti ritengo un assassino."

Bill esalò un sospiro di sollievo quando Jenloz si protese verso la tastiera e iniziò a premere i tasti. Mentre i suoi calcoli cominciavano ad apparire sugli schermi, il Dottore sollevò il suo cacciavite sonico, come un direttore d'orchestra pronto a dare il via al concerto.

Un terribile stridore metallico squarciò il silenzio della sala comandi, costringendo Bill a tapparsi le orecchie con le mani. Ci furono grida di terrore quando l'equipaggio realizzò con disperazione che la stazione aveva infine raggiunto il punto di non ritorno e stava per cedere alla forza di attrazione di Saturno.

In quello stesso istante, Jenloz terminò i suoi calcoli, si voltò verso il Dottore e gli rivolse un cenno del capo, con aria solenne.

"Molto bene, ragazzi. Andiamo!" gridò il Dottore.

Il cacciavite emise un gorgoglio elettronico e Bill si dovette chinare di scatto quando i quattro robot sfrecciarono via in direzioni diverse a velocità impressionante.

Il Dottore si chinò sullo schermo di controllo. Bill si sporse per osservare sulla mappa elettronica l'avanzamento dei robot che attraversavano in fretta le infrastrutture della stazione, diretti agli invertitori gravitazionali.

La ragazza strinse i denti quando un altro gemito di protesta giunse dallo scafo e l'intera stazione vacillò.

"Sta per cedere!" gridò Delitsky, alle spalle del Dottore.

Bill sentì il cuore batterle all'impazzata.

"Andiamo, forza…"

Poteva sentire la voce del Dottore che incitava i robot a fare in fretta. Stavano tutti raggiungendo la loro destinazione, ma ce l'avrebbero fatta in tempo?

"Ci sono quasi…" Un lampo di trionfo illuminò il volto del Dottore quando sul pannello si accesero delle spie verdi a indicare che i robot avevano raggiunto gli invertitori gravitazionali e si erano connessi ai loro sistemi di controllo. Il Dottore premette un tasto e subito si udì un ritorno di energia quando i sistemi iniziarono a compensare lo sbilanciamento.

Gli effetti sulla stazione furono immediati. La vibrazione che aveva fatto rischiare di saltare i denti a Bill cessò gradualmente, sostituita da un leggero ronzio di fondo. Le sirene si spensero di colpo, lasciando la sala comandi incredibilmente silenziosa.

Delitsky fissò incredulo i comandi. "Si sta stabilizzando. No, un attimo… Si sta sollevando! Si sta sollevando davvero!"

Il Trivellatore Capo si lasciò crollare sul proprio sedile, mentre l'intera stazione erompeva in grida di giubilo. In molti si ammassarono intorno al Dottore per stringergli la mano e Bill si fece largo per raggiungerlo.

"Ce l'hai fatta!"

Lui la folgorò con uno sguardo indignato. "Naturalmente. Sono il Dottore."

In qualunque altra occasione, Bill avrebbe alzato gli occhi al cielo e gli avrebbe chiesto di piantarla; tuttavia, aveva appena salvato le vite di tutti i presenti e decise di lasciar perdere.

"Certo che lo sei. Scusa, lo avevo dimenticato."

Un movimento improvviso all'estremità opposta della sala comandi catturò la sua attenzione e la ragazza di rabbuiò quando vide uno dei Ba-El Cratt sopravvissuti entrare rumorosamente nella stanza, con indosso la sua tuta pressurizzata. Era seguito da un'altra di quelle creature e Bill sgranò gli occhi quando si accorse che entrambe stringevano dei g-Taser nelle mani guantate.

Mentre sempre più persone si rendevano conto della presenza di quelle figure inquietanti, il mormorio eccitato di poco prima scomparve per lasciare il posto a un silenzio pieno di tensione.

Anche il terzo Ba-El Cratt fece il suo ingresso nella stanza, spingendo il soldato Sillitoe davanti a lui. A giudicare dall'espressione sofferente dell'addetto alla sicurezza e dal modo in cui la creatura stringeva il suo braccio, era ovvio che lui e il resto della squadra non si erano arresi senza lottare.

"Che cosa significa questo?" disse Delitsky, alzandosi di scatto. "Soldato Sillitoe, cosa succede?"

"Mi dispiace, capo" trasalì Sillitoe. "Ci hanno assaliti, hanno messo fuori combattimento un paio dei ragazzi e gli hanno sottratto loro i g-Taser. Ho tentato di fermarli, ma..."

Fu costretto a interrompersi, a causa del dolore. Jo Teske attraversò in fretta la stanza per aiutarlo, ma uno dei Ba-El Cratt ruotò la sua arma e gliela puntò contro.

"Nessuno si muova" la voce sibilante risuonò nella sala comandi. "Questa struttura adesso si trova sotto il controllo del Collettivo Ba-El Cratt."

"Ha chiaramente un braccio rotto" protestò Jo, con rabbia. "Devo aiutarlo."

"Ha cercato di opporre resistenza. È stato un atto sciocco. Se tenterà di farlo di nuovo, lo uccideremo."

"Perché?" scattò Delitsky. "Siete venuti qui in cerca di aiuto e ve lo abbiamo dato. Per quale motivo vi state comportando così?"

"Due di noi sono morti."

"Non è stata opera nostra" rispose Delitsky, indicando Jenloz. "Quell'uomo..."

"Quell'uomo è un Cancri." Persino attraverso il microfono della tuta traspariva l'odio nella voce del Ba-El Cratt. "Avete ragione. È lui il colpevole della morte dei nostri fratelli, ma voi avete scelto di allearvi con loro e di aiutarli nella loro guerra contro di noi."

"Non è vero, noi..."

"Silenzio!" ruggì la figura imponente. "La vostra collaborazione con la sua specie ha contribuito alla distruzione di centinaia di migliaia di miei simili."

Delitsky impallidì. "Centinaia di migliaia... Come?"

"Sono stati i diamanti" intervenne il Dottore, spezzando il silenzio attonito della sala comandi.

"Esatto" sibilò il Ba-El Cratt. "Grazie al vostro aiuto al programma militare dei Cancri."

"Programma militare?" balbettò Delitsky. "Stai dicendo che i Cancri acquistano armi con i diamanti?"

"No. Immagino che i diamanti costituiscano una componente fondamentale degli armamenti Cancri" rispose il Dottore. "Probabilmente, usano una specie di Amplificatore Raman, montato su un'arma a impulsi energetici di loro invenzione."

La spiegazione del Dottore non era che un mucchio di assurdità scientifiche incomprensibili alle orecchie di Bill, ma attirò l'attenzione del Ba-El Cratt.

"Proprio così. La guerra è infuriata per molti anni ed entrambe le fazioni sono diventate più abili nel creare armature protettive. Adesso, solo le armi che impiegano cristalli di carbonio per concentrare l'energia si rivelano efficaci. Credevamo di aver distrutto tutte le miniere di diamanti dei Cancri del nostro sistema, ma abbiamo scoperto presto che dovevano avere una risorsa alternativa altrove. E un alleato che li stesse aiutando... Collaborando con loro, avete dichiarato guerra ai Ba-El Cratt, rendendovi altrettanto colpevoli dei loro crimini. Adesso, condividerete anche il loro destino" concluse la creatura, puntando l'arma verso Jenloz. "Ma lui sarà il primo."

In un gesto di estremo coraggio, Delitsky si parò dinnanzi a Jenloz e allargò le braccia. "Lui fa parte del mio equipaggio ed è soggetto alle nostre leggi. Se ha commesso un crimine contro di voi, allora sarà punito, ma a modo nostro."

"Non ci interessano le vostre leggi primitive. È stato ritenuto colpevole e morirà ora."

Gli altri due Ba-El Cratt cominciarono ad avanzare verso di loro, ma il Dottore scattò in avanti all'improvviso, scavalcando la consolle e atterrando tra loro e l'ingegnere Cancri terrorizzato.

"No" disse il Dottore, in tono risoluto. "Temo di non poterlo permettere."

"Permettere?" ringhiò il Ba-El Cratt.

"No, mi dispiace" ribadì il Dottore, fissando la figura che torreggiava su di lui. "Senti, posso sapere con chi sto parlando? Sai, sono un tipo davvero all'antica, mi piacciono i nomi. Non posso continuare a riferirmi a te come il *fracassone rosso*, non ti pare?"

"I nomi non significano niente. Noi siamo i Ba-El Cratt e siamo uno solo. Voliamo come uno solo e moriamo come uno solo."

Il Dottore scrollò le spalle. "Fracassone rosso andrà benissimo. Allora, sostenete di essere in guerra con i Cancri. Se è così, devono esserci delle regole e l'omicidio non fa parte di esse. Invoco l'Articolo Quindici del Proclama Ombra..."

Prima che il Dottore potesse finire la frase, il capo dei Ba-El Cratt sollevò il suo g-Taser e colpì lui e Delitsky a bruciapelo.

Capitolo Diciotto

Bill guardò il volto inespressivo del Dottore, desiderando che riprendesse conoscenza. Accanto a lei, Jo Teske stava facendo del suo meglio per far rinvenire Delitsky. Erano svenuti entrambi da diversi minuti, ma Bill pensò che fossero stati davvero fortunati.

L'impulso gravitazionale emesso dal Ba-El Cratt li aveva scagliati attraverso la sala comandi, mandandoli a sbattere contro la parete. Mentre i loro compagni si erano affrettati ad aiutarli, gli altri due Ba-El Cratt avevano afferrato Jenloz e lo avevano trascinato al centro della stanza. Il loro capo li aveva raggiunti e i tre avevano circondato il piccolo ingegnere.

"Per i crimini commessi contro i Ba-El Cratt, ordino la tua esecuzione immediata."

Jenloz si era limitato a fissarli con aria di sfida, portandosi il pugno al petto, in un gesto marziale. "Per i Cancri."

Bill non riusciva a scacciare dalla sua mente l'immagine di quello che successe in seguito. Le tre creature avanzarono, stringendo il cerchio che avevano formato intorno a Jenloz. Le loro armature corazzate cominciarono a stridere e a scricchiolare mentre si stringevano sempre di più.

Bill sapeva che i suoni agghiaccianti che aveva udito avrebbero tormentato i suoi incubi per parecchio tempo a venire.

Una volta conclusa la loro brutale esecuzione, i Ba-El Cratt si fecero da parte e il corpo straziato di Jenloz si riversò sul pavimento.

Ignorando le grida di orrore e disgusto intorno a loro, le tre figure corazzate spinsero gli uomini dell'equipaggio nell'hangar, sigillarono le porte e avvertirono tutti delle conseguenze che avrebbe comportato un eventuale tentativo di fuga. I meno fortunati erano stati trattenuti nella sala comandi, costretti ad assistere i Ba-El Cratt. Attraverso le finestre dell'hangar, Bill li osservò mentre si davano da fare alla consolle, facendo attenzione a non posare gli occhi sul corpo martoriato abbandonato sul pavimento.

"Cosa stanno facendo?" sibilò Nettleman, sgranando gli occhi. A Bill sembrò che fosse sul punto di crollare.

"Stanno accedendo alla camera blindata" rispose Laura, inclinando la testa da un lato. "Riesco a sentire i macchinari elevatori che vengono attivati."

"I diamanti?" gemette Nettleman. "Vogliono portarsi via i diamanti? Ma servirà una nave..."

"Oh, ce l'hanno" rispose Laura, in tono tetro. "Probabilmente è già diretta qui."

Il Dottore emise un gemito di dolore e sbatté le palpebre.

"Jo" disse Bill, facendole cenno di raggiungerla. "Sta riprendendo conoscenza."

Le due aiutarono il Dottore a mettersi seduto, con la schiena appoggiata alla parete dell'hangar.

"Piano" disse Jo, esaminandolo con cura. "È stato colpito da vicino da un Taser gravitazionale. Resterà intontito per qualche tempo. È stato fortunato che l'arma non fosse regolata alla massima potenza."

"Delitsky?" chiese il Dottore, sfregandosi gli occhi.

In quel momento, anche il Trivellatore Capo emise un lamento e Jo si affrettò a soccorrerlo. "Se la caverà. Avrà un mal di testa terribile, tuttavia..."

"E Jenloz?"

Jo distolse lo sguardo.

"Lo hanno ucciso" disse Bill, a bassa voce.

Il Dottore assunse un'espressione dura e ignorando le proteste di Jo si rialzò in piedi a fatica. "Cosa stanno facendo, adesso?" domandò, barcollando come se fosse ubriaco, mentre tentava di recuperare l'equilibrio.

"Hanno iniziato la procedura automatica di carico" spiegò Laura. Di solito, viene attivata quando la miniera ha raggiunto la capienza limite. Una fregata di massima sicurezza viene inviata dalla Terra o da Cancri per caricare il contenuto dei cilindri della camera blindata e scaricare nuovi cilindri vuoti da riempire."

"Quanto dura in genere tutto il processo?" chiese il Dottore, ancora incerto sulle gambe.

Laura scrollò le spalle. "Una volta agganciata la nave, potrebbero volerci meno di trenta minuti. Si tratta della fase più delicata dell'operazione, quindi i passaggi sono stati organizzati in modo da svolgersi il più rapidamente possibile."

"Ci resta poco tempo" disse il Dottore, voltandosi verso Bill. "Quindi, si è scoperto che Jenloz era uno dei sabotatori. Chi è l'altro?"

Bill indicò Rince, seduto con aria sconsolata su una cassa in mezzo all'hangar. "Lui."

Le facce di tutti i presenti si voltarono verso il dirigente della Kollo-Zarnista.

Laura Palmer sembrava altrettanto incredula. "Stai dicendo che è stato *lui* a manomettere il pannello delle comunicazioni? Pensavo che Jenloz..."

"Jenloz era un ingegnere altamente specializzato. Se lo avesse voluto, avrebbe potuto sabotare le comunicazioni in un milione di modi, senza ricorrere a uno stratagemma tanto rozzo come quello usato dal nostro amico." Il Dottore si sedette su una cassa di fronte a Rince. "No, si è trattato di un atto disperato, perché Delitsky stava per chiamare la cavalleria e l'arrivo di guardie armate non avrebbe giovato molto ai piani dei tuoi amici pirati, vero?"

"Pirati?" La voce di Nettleman era praticamente uno squittio.

"Pirati, bucanieri, predoni di gemme, soldati di ventura. Chiamateli come volete, il fatto è che sono là fuori e stanno aspettando il segnale del loro infiltrato per agire."

Rince lo guardò con aria esausta. "Hai capito tutto, vero?"

"Tutto, eccetto il motivo."

"È lui il motivo" rispose Rince, lanciando un'occhiata accusatoria verso Nettleman.

"Io?" disse Nettleman, scuotendo la testa. "Non osare coinvolgermi in questa storia."

"Bah, Donald. Che senso ha, arrivati a questo punto? È finita, non lo vedi? Moriremo tutti, quindi è inutile continuare a fingere." Rince emise un sospiro profondo. "Tutti i recenti furti di diamanti sono stati orchestrati da me, sotto la supervisione diretta dell'Amministratore Capo Nettleman."

"Rince" ringhiò Nettleman. "Stai zitto."

"Oh, qualcuno vuole farlo tacere?" tagliò corto il Dottore. Poi, si rivolse a Rince. "Perché?"

"Perché la Kollo-Zarnista deve tappare un enorme buco finanziario nel suo sistema pensionistico. Un buco nero che Nettleman ha tenuto nascosto al resto del consiglio di amministrazione in quanto generato dalla sua appropriazione indebita di quei fondi unita a una serie di puntate sfortunate al casinò Monte Olimpo." Le parole sgorgavano dalla bocca di Rince come un fiume in piena. Era chiaramente stanco di custodire tanti segreti e sembrava felice di avere finalmente un'occasione per liberarsi di quel fardello. "Nettleman ha escogitato un piano per rimpiazzare gradualmente il denaro perduto sottraendo piccole quantità di diamanti da ciascuna spedizione destinata ai Cancri e rivendere le gemme al mercato nero. Il mio compito era quello di falsificare i libri contabili, nascondendo la differenza nel numero di diamanti."

"Allora, cosa è andato storto?"

Rince scrollò le spalle. "Sono stato avventato e ho abbassato la soglia di attenzione. Nettleman era preoccupato che non stessimo recuperando denaro abbastanza rapidamente, così ha deciso di aumentare la quantità di diamanti rubati. Ho commesso un errore nei registri contabili, i Cancri lo hanno notato e la sede centrale ha indetto un'indagine."

"E Nettleman si è assicurato che l'indagine venisse affidata a lui."

Rince annuì. "All'inizio ho pensato che fosse un'idea geniale. Nessuno sospettava di lui, quindi ho immaginato che saremmo riusciti a sistemare la cosa facilmente. Poi, ho cominciato a capire come lavora lui in realtà."

Rince rivolse un'occhiata al suo capo, senza nascondere la repulsione che provava per lui. "Si circonda di persone a cui può addossare la colpa quando qualcuna delle *sue* decisioni si rivela sbagliata. Ho pensato che con lui a capo dell'inchiesta sarei stato al sicuro. Invece, non stavo facendo altro che scavarmi la fossa da solo."

"Quindi, hai escogitato un tuo piano personale."

Rince annuì di nuovo. "Conoscevo a memoria date e orari di consegna, i protocolli di sicurezza e i codici di trasporto…"

"Mi hai tradito!" esclamò Nettleman.

"*Io* avrei tradito *te*?" sbottò Rince, incredulo. "Eri pronto a darmi in pasto agli squali. Conoscevo la tua reputazione e la tua abitudine di incolpare i sottoposti, ma sono stato tanto ingenuo da credere che con me sarebbe stato diverso. Pensavo che fossimo soci, ma è stato solo quando ho hackerato il tuo computer personale che..."

"Cosa hai fatto?" chiese Nettleman.

"Oh, andiamo. Non ti sei fatto problemi a usarmi per entrare nel sistema principale della compagnia perché facessi il lavoro sporco. Pensavi davvero che non avrei controllato se mi stavi per tirare qualche brutto scherzo? Beh, indovina un po' Donald? Era proprio così."

"Quindi, hai ritenuto che allearti con dei pirati fosse la scelta migliore che avevi?" disse Bill, alzando gli occhi al cielo. "Mi sembra una reazione esagerata!"

"Lo credi davvero? Tentare di derubare una compagnia autorizzata dalla Federazione a estrarre diamanti non è un atto punito con una ramanzina e un nota sul curriculum. Comporta l'esilio su una delle colonie penali e io non ho la minima intenzione di trascorrere il resto della vita a scavare su Cygnus-A o su Varos."

"Quindi, questi tuoi amici, i pirati... Stanno aspettando il tuo segnale, giusto?" Dal tono della voce, Bill ritenne che il Dottore avesse già iniziato a escogitare uno dei suoi piani.

"Se tutto fosse andato come previsto" confermò Rince, "io e Nettleman avremmo concluso la nostra indagine riconoscendo che il livello della sicurezza della stazione non soddisfaceva gli standard richiesti e necessitava una revisione completa. Poi, avremmo raccomandato la spedizione immediata di tutti i diamanti sulla Terra o su Cancri. Durante le operazioni di carico, il mio compito sarebbe stato quello di modificare le registrazioni in modo da far sembrare che i diamanti fossero stati sottratti da questa stazione e insabbiare così i nostri furti pregressi." Lanciò un'occhiata tetra a Nettleman. "In realtà ho scoperto che il mio capo aveva previsto che io sarei stato colto sul fatto, facendo addirittura di se stesso un eroe."

"Così, hai pensato di far rubare l'intero carico."

"Ho incontrato una donna che sosteneva di poter fornire una nave e una via di fuga, se le avessi dato le informazioni di cui aveva bisogno. Sembrava un buon piano."

"Ma lui avrebbe sempre potuto far ricadere la colpa su di te" gli fece notare Bill. "Non avresti comunque più potuto tornare sulla Terra."

Rince fece spallucce. "È vero, ma almeno avrei avuto una fortuna in diamanti e ci sono abbastanza pianeti sulle colonie esterne in cui fare la bella vita, se si è ricchi a sufficienza."

"Allora, questo colpo?" disse il Dottore, in tono sempre più impaziente. "Quali erano gli accordi?"

"La fregata usa un dispositivo di disorientamento dei sensori, per impedire alle altre navi di localizzarla chiaramente. So che non è possibile disattivarlo. Ci ho provato. Così, invece, ho deciso di sistemare un trasmettitore subspaziale all'interno di uno dei cilindri contenenti i diamanti e quando il contenitore sarebbe stato caricato sulla nave..."

"I pirati sarebbero stati in grado di ricevere il segnale."

"Ho già comunicato loro i codici di accesso dei portelloni. Dalle simulazioni svolte è risultato che sarebbero in grado di salire a bordo, prendere i diamanti e fuggire prima ancora che la squadra di sicurezza capisca cosa sta accadendo."

"Quindi, aspettano solo che tu gli dica che la fregata è diretta verso la Terra e gli comunichi la frequenza esatta del trasmettitore subspaziale?"

"Esatto."

"Eccellente!" Il Dottore sembrava molto felice della scoperta. Bill non riusciva a capirne la ragione.

"Non vedo come questo possa esserci di aiuto" disse. "La fregata non si trova qui e il trasmettitore è ancora nella sua cabina."

"Ma i pirati sono ancora là fuori" rispose il Dottore.

Ogni ulteriore spiegazione fu interrotta quando la porta dell'hangar si aprì per lasciare entrare uno dei Ba-El Cratt.

"Oh, guarda. Il *fracassone*" esclamò il Dottore, in tono allegro. "Come va il furto di diamanti? Sembra che a voi sia andata meglio che a me. Quando ci ho provato io, ho fatto scattare una serie di allarmi. Non per colpa mia, certo. È stata quella testa di budino della mia assistente..."

"Silenzio!" tuonò il Ba-El Cratt. "Il tuo continuo ciarlare è assolutamente inutile. Per fortuna, non sarò costretto ad ascoltarti ancora a lungo. Non appena la nostra nave sarà di nuovo pressurizzata..."

"Oh!" esclamò il Dottore, fissando attentamente l'alieno. "Non dirmi che ve ne state già andando? Siete appena arrivati."

"La nostra missione iniziale era solo quella di raccogliere informazioni. La cattura e l'interrogatorio di una pattuglia di Cancri ci ha fatto scoprire che esisteva un'altra fonte di approvvigionamento di diamanti lontano dal nostro sistema. Noi avremmo dovuto localizzare tale fonte e scoprire chi li stava aiutando. Abbiamo completato la missione con successo. L'acquisizione dei diamanti di questa struttura è un bonus addizionale. Un gesto che contribuirà enormemente alla nostra causa."

"Tutto qui? Prenderete i diamanti e volerete via?" Delitsky non poté trattenere l'incredulità che traspariva dal tono della sua voce. "Va bene."

"Avete fornito assistenza ai Cancri e questo comporterà delle conseguenze" dichiarò il Ba-El Cratt, in tono minaccioso. "Tuttavia, non sono tanto sciocco da iniziare una guerra con un'intera specie con ciò che resta della mia squadra e un solo incrociatore."

"Quindi, intendete chiamare i rinforzi" disse il Dottore, scuro in volto.

"E quando torneremo, annienteremo questa e ogni altra miniera."

"Non potete farlo" strillò Delitsky. "Noi non c'entriamo nulla con la vostra guerra."

"Invece sì."

"Allora, combatteremo" rispose Laura, freddamente.

"Già, so che lo farete" sibilò il Ba-El Cratt. La creatura si voltò e sollevò una delle sue enormi braccia verso Bill. "Mettetela dentro una tuta pressurizzata."

"Cosa?" esclamò Bill, sorpresa.

Il Dottore le pose una mano sulla spalla, per rassicurarla. "Perché?"

"Come garanzia."

"Una garanzia contro cosa?"

"Non sono uno sciocco, Dottore. Nel momento in cui ce ne andremo, tenterete di fermarci. La nostra nave ha bisogno di tutti e tre noi per poter funzionare. Era nostra intenzione lasciare due di noi su questa stazione, ma le azioni ostili intraprese nei nostri confronti ci costringono a usare un altro tipo di assicurazione. Se ci attaccherete in qualsiasi modo, la donna morirà."

"No." Il Dottore si fece avanti, facendole scudo con il proprio corpo. "Non è che una ragazzina. Se volete un ostaggio, prendete me."

"No."

"Perché rifiutate?"

"Perché sei tu a chiederlo" rispose la creatura, puntando il g-Taser contro il petto del Dottore. "Ho già mostrato clemenza una volta nei tuoi confronti, Dottore. Non credere che possa succedere di nuovo."

Il Dottore si fece scuro in volto e mosse un passo verso il capo dei Ba-El Cratt. "Lasci che ti ricordi una cosa. Ti ho salvato la vita" disse, puntando il dito verso la riparazione che aveva eseguito sul regolatore di pressione della tuta. "Senza di me, la tua corazza si sarebbe depressurizzata, la tua missione sarebbe fallita e adesso non saresti altro che una nuvola di gas alla deriva nello spazio. Tutte le tue azioni successive e la gloria che speri di ottenere derivano solo dal mio gesto."

Bill trattenne il fiato mentre il capo dei Ba-El Cratt osservava il Dottore in silenzio per quella che le sembrò un'eternità, anche se in realtà dovette trattarsi di pochi secondi. Poi, la creatura abbassò la sua arma.

"Mettetelo nella tuta" disse.

Delitsky e Jo Teske aiutarono il Dottore a indossare la pesante tuta pressurizzata e iniziarono a collegarlo ai comandi. Bill rimase in piedi in un angolo a guardarlo con nervosismo crescente.

"Sei sicuro che sia una buona idea, Dottore?" borbottò Delitsky. "Una volta che quella nave avrà mollato gli ormeggi, non saremo più in grado di riportarti indietro."

"Lasci che mi preöccupi io di come tornare indietro, capo. Se non mi sbaglio, una volta che quella nave sarà partita dovrete fronteggiare problemi molto più urgenti."

Delitsky emise un grugnito di assenso. Non era possibile sperare che i Ba-El Cratt si sarebbero dileguati senza fare del male ad alcun membro dell'equipaggio. Quelle creature avevano già dato dimostrazione della loro scarsa considerazione della vita e non lasciavano dubbi sul fatto che la stazione sarebbe stata distrutta; bisognava solo capire quando e come.

"Perché ci mettete tanto?" tuonò la voce del Ba-El Cratt. "Dobbiamo partire immediatamente."

"Queste tute sono state realizzate su misura" rispose secco Delitsky. "Si tratta di attrezzatura da sopravvivenza molto complessa, che richiede un certo tempo di preparazione."

"È primitiva e poco efficiente" sibilò la creatura. "Tipico della tecnologia Cancri. Adesso, smettete di perdere tempo e finite il vostro lavoro."

"Sono proprio dei motivatori nati" mormorò il Dottore.

"Infatti" sbuffò Delitsky. "Penso che andrebbero d'accordo con Nettleman."

"Come sta Bill?" chiese il Dottore, senza la minima traccia di ironia.

Delitsky le rivolse una rapida occhiata, che la ragazza ricambiò con un veloce cenno del capo.

"Sta bene."

"Perfetto. Accendetemi."

Jo Teske digitò la sequenza di attivazione che gli avrebbe permesso di controllare la tuta corazzata. Il Dottore protese le braccia e strinse i pugni in modo teatrale.

"Tutti i sistemi funzionano" disse Delitsky, sforzandosi di mantenere un tono naturale. "Prepararsi alla pressurizzazione."

Bill si lanciò in avanti all'improvviso, spingendo via Jo e gettandosi sulla tuta corazzata. "Ti prego, Dottore" singhiozzò. "Non puoi farmi questo. Se dovesse accaderti qualcosa, resterei bloccata qui per sempre!"

"Non ho scelta" rispose il Dottore, senza incontrare il suo sguardo.

"Ma perché devi andare proprio tu? Perché non qualcun altro al tuo posto?"

Il Dottore sollevò la testa, il volto contratto in un timido sorriso. "Perché sono il Dottore. Questo è quello che faccio."

Delitsky allungò una mano e afferrò Bill per una spalla, allontanandola gentilmente dalla tuta. In quel momento, il Dottore attivò il meccanismo di chiusura e si udì lo scorrere dei pistoni che sigillavano la corazza con un rumore secco e metallico.

Diverse spie si accesero quando il Dottore prese il controllo della tuta e tentò di muovere i primi passi sul pavimento dell'hangar.

"Davvero insidioso" rimbombò la voce del Dottore attraverso gli altoparlanti, decisamente inappropriata a quella massiccia tenuta progettata per l'attività mineraria. "Tuttavia, ritengo di aver capito come funziona. Vediamo..." Due mani guantate si strofinarono una contro l'altra, dando un aspetto comicamente umano alla corazza. "Vogliamo andare?"

Il Ba-El Cratt indicò l'ascensore di servizio con la sua arma. I presenti si fecero da parte per lasciare passare le due figure corazzate, mentre attraversavano l'hangar e risalivano i pochi scalini che conducevano all'ascensore.

Quando le porte si aprirono, il Ba-El Cratt si voltò per dare un ultimo avvertimento all'equipaggio. "Ricordate: se tenterete di fermarci, il Dottore morirà."

Le porte si richiusero di scatto e Delitsky esalò un grosso sospiro di sollievo.

Bill si girò verso di lui con un sorriso da orecchio a orecchio. "E l'oscar come migliore attrice non protagonista va... a Bill Potts!"

Jo Teske rifilò una pacca sulla spalla a Delitsky. "Ben fatto, Jorgen. Non ero sicura che ce l'avremmo fatta."

Delitsky annuì, con un gesto del capo. "Spero solo che il Dottore sappia ciò che fa."

Anche il Dottore si sentiva sollevato, felice che i Cancri avessero eliminato ogni visore dal casco per affidare la guida della tuta ai sensori esterni. Questo impediva a chi la indossava di guardare direttamente al di fuori di essa, ma allo stesso tempo offriva il vantaggio non indifferente di impedire di vedere al suo interno.

Allungò il collo, cercando di scorgere il trasmettitore subspaziale che Bill aveva lasciato cadere dentro la tuta poco prima che si chiudesse. Si trovava proprio sotto il suo naso, appoggiato a una delle fibbie che lo teneva fissato all'interno della corazza. Con suo grande sollievo, Bill lo aveva attivato correttamente. Non che le avesse affidato un compito particolarmente difficile, dato che si trattava di un congegno dotato di soli due bottoni. Il pulsante verde luccicava debolmente all'interno della tuta. Sebbene in origine fosse stato concepito come uno strumento di rilevazione, adesso il congegno fungeva da trasmettitore ed era sintonizzato su una frequenza subspaziale ben precisa, una frequenza che il Dottore sperava potesse venire rilevata solo da due persone: Rince e chiunque gestisse la comunicazione a bordo della nave pirata.

Le porte dell'ascensore di servizio si aprirono. Grossi congegni meccanizzati stavano spostando i cilindri pieni di diamanti dalla camera blindata alla stiva della nave Ba-El Cratt. Una volta vuota, la stanza sembrava persino più larga di come ricordava il Dottore l'ultima volta che era stato lì.

La sua tuta venne spinta senza tanti complimenti fuori dall'ascensore e diretta verso il portellone. Lottando ancora per riuscire a padroneggiare i comandi complessi della tuta, il Dottore avanzò barcollando e assicurandosi di appoggiare a terra un piede, prima di sollevare l'altro.

I due Ba-El Cratt nella camera blindata accolsero con una serie di toni gutturali il compagno appena arrivato. Le loro parole erano incomprensibili, ma il senso era piuttosto evidente. Volevano andarsene.

Pressato dai tre alieni, il Dottore si avviò verso il portellone. Come il resto della nave Ba-El Cratt, anche la stiva aveva un aspetto organico e inquietante; le linee nette dei contenitori cilindrici progettati da menti umane stonavano accanto alle forme aliene scure e tortuose.

Quando l'ultimo dei mezzi di carico rientrò nella camera blindata, il portellone cominciò a chiudersi. Le sue porte sembravano dei petali che fuoriuscivano dalla parete per andare a unirsi al centro, facendo sprofondare la stanza nel buio più totale.

Il Dottore attivò i faretti esterni della tuta, poi osservò l'ambiente sullo schermo olografico che fluttuava davanti al visore, mentre la pressione all'esterno aumentava considerevolmente.

Un altro paio di porte organiche si dischiusero davanti a lui. Mentre il Dottore avanzava incerto nelle viscere dell'astronave, notò le altre tre tute aprirsi di scatto. Come un'onda furiosa e vorticosa, i Ba-El Cratt si riversarono sopra di lui.

Delitsky osservò lo schermo, senza riuscire a dire una parola, mentre l'astronave aliena si sganciava dall'attracco e scivolava nello spazio, più simile a un abitante degli abissi che a qualsiasi altro mezzo spaziale mai visto.

"Sembra quasi un essere vivente" commentò Bill, dando voce ai suoi pensieri.

L'osservazione di Jo Teske fu meno gradevole. "È orribile. Sembra... una cellula cancerosa, come un tumore."

"Potrebbe essere altrettanto fatale" disse Delitsky, tetro in volto. "Se gli amici del signor Rince non sono puntuali..."

Rince era seduto all'altro capo della sala comandi, sotto lo sguardo attento del Capitano Palmer e del Sergente Harrison, chino sul trasmettitore subspaziale recuperato nella sua cabina e intento a parlare in tono concitato nel microfono.

"Portatore dell'anello a Raptor. Il pacco è stato spedito. Ripeto: il pacco è stato spedito. Frequenza del trasmettitore codificata e inviata. Confermare, prego." Esattamente come per tutti i tentativi precedenti, i suoi alleati invisibili non diedero alcuna risposta. Rince sollevò gli occhi, con espressione impotente.

"Prova ancora" ordinò Delitsky.

"Ma non rispondono."

"Riprova" disse il Trivellatore Capo. "Hai altri impegni?"

Rince si rimise a operare con la trasmittente e il messaggio venne ripetuto diverse volte. "Portatore dell'anello a Raptor. Il pacco è stato spedito. Confermare, prego."

La nave Ba-El Cratt acquistò velocità, allontanandosi sempre di più e inclinandosi leggermente nel corso della manovra.

"Non arriveranno mai in tempo, vero?" disse Jo, con gli occhi incollati allo schermo.

Bill le prese la mano e la strinse forte. "Il Dottore può farcela, credimi."

Delitsky non rispose. Non nutriva più dubbi sulle capacità del Dottore. Sfortunatamente, le loro vite adesso dipendevano anche dalle azioni del dirigente della compagnia mineraria Kollo-Zarnista e dei suoi "amici"... La cosa non lo confortava minimamente.

Il Dottore osservò con interesse i Ba-El Cratt vorticare intorno a lui, godendosi chiaramente la libertà dopo essere stati confinati tanto a lungo dentro le tute pressurizzate. Adesso che avevano riacquistato il loro aspetto naturale, gli alieni avevano un aspetto molto più gradevole; erano neri e lucenti, la loro pelle si accendeva di increspature iridescenti, come il petrolio che galleggia su una pozza d'acqua.

Vedendoli volteggiare e intrecciarsi a quel modo, divenne ovvio per quale ragione avessero smesso di adottare nomi propri; in molti passi di quella danza incredibile era impossibile distinguere una creatura dall'altra. La consistenza solida e gelatinosa dei loro corpi si mescolava e si fondeva continuamente, prima di separarsi di nuovo in un movimento improvviso. I Ba-El Cratt avevano chiaramente sviluppato un sistema complesso per comunicare tra loro che andava ben oltre le restrizioni poste dalla lingua parlata.

La loro danza frenetica cominciò a rallentare e le creature presero a roteare intorno alla sala comandi seguendo un tracciato intricato, scivolando dentro e fuori dalle fessure e dai fori nelle pareti e infine governando la nave esattamente nel modo immaginato dal Dottore. Quest'ultimo poteva già avvertire il vascello sollevare la prua, mentre si preparava ad accelerare.

"Quindi, ora che vi siete sgranchiti le gambe, vi dispiacerebbe dirmi dove intendete portarmi?"

Uno dei Ba-El Cratt sgusciò fuori da un buco sul pavimento e aleggiò verso di lui. Per qualche ragione, il Dottore seppe che si trattava della creatura che aveva occupato la tuta di Baines.

"Considerati fortunato, Dottore. Il tuo generoso atto di eroismo ti ha salvato la vita. Per il momento, almeno."

"Avete intenzione di distruggere la miniera" affermò il Dottore.

"Naturalmente! Ci serviranno alcuni minuti per alimentare il sistema, poi faremo fuoco sugli invertitori gravitazionali e la miniera verrà trascinata nell'atmosfera del pianeta, per essere distrutta." La voce della creatura si fece più dura. "Un assaggio di ciò che accadrà quando faremo ritorno con i rinforzi."

"Certo... Certo, è proprio quello che mi aspettavo."

La creatura rimase immobile per un momento. "Perciò, il tuo gesto coraggioso era in realtà un atto di autoconservazione? Sospettavi le nostre azioni e hai preso il posto della ragazza solo per salvarti?" La forma gelatinosa iniziò a tremare in un modo che lasciava chiaramente trasparire un certo divertimento. "Ti ho sottovalutato, Dottore. Forse ti lascerò vivere abbastanza per mostrare al Collettivo quanto falsi e imprevedibili possano essere gli abitanti del tuo pianeta!"

Mentre il Ba-El Cratt raggiungeva con un gorgoglio i suoi compagni, il Dottore diede un'occhiata alla luce verde che lampeggiava regolare davanti al suo visore interno.

"Bene" mormorò. "Imprevedibile è il mio secondo nome."

Capitolo Diciannove

"Ah!" Rince emise un grido di sorpresa quando il trasmettitore subspaziale prese vita improvvisamente. "Rispondono!"

Bill si affrettò a raggiungere gli altri alla consolle.

"Sentiamo cosa hanno da dire" tagliò corto Delitsky.

Il Sergente Harrison aprì il canale radio che lei e Robbins avevano agganciato e una voce di donna decisamente arrabbiata riempì la sala comandi.

"Portatore dell'anello, qui è Raptor. A che accidenti di gioco stai giocando? Il piano era quello di avvertirci con largo anticipo, non di aspettare che il carico fosse già in partenza."

"Non è stata colpa mia" balbettò Rince. "Hanno accelerato i tempi."

"*E non potevi avvertirci un po' prima?*" ribatté la voce, facendo seguire un'imprecazione. "*Quando tutto questo sarà finito, faremo una bella chiacchierata sulla tua percentuale.*"

Seguì una lunga pausa. Delitsky lanciò uno sguardo preoccupato verso Palmer. Il Capitano stava chiaramente pensando la stessa cosa. Forse non avrebbero fatto in tempo a intervenire; forse avrebbero abbandonato il piano.

"*Come mai non riusciamo ad agganciare il tracciato della fregata?*"

Delitsky fulminò Rince con lo sguardo, ricordando al giovane dirigente la versione che avevano concordato.

"Loro...ecco..." Rince stava iniziando a sudare. "Stanno provando un nuovo attenuatore di sensori."

Si udì un'altra imprecazione. "*Hai dimenticato di dirci dell'altro?*"

"Però, sono riuscito a piazzare il trasmettitore!" disse Rince. "Potete sempre usare il suo segnale per rilevare la nave."

"*Prega di non sbagliarti, altrimenti giuro che ti ammazzo. Qui Raptor. Passo e chiudo.*"

Rince sprofondò nel sedile, coprendosi il volto con le mani.

Delitsky provò un fugace senso di solidarietà per quell'uomo. Se anche per miracolo il piano avesse funzionato e non fosse esploso con il resto dell'equipaggio, a Rince non sarebbe rimasto che scegliere tra passare il resto della vita su una delle colonie penali della Federazione o cercare di nascondersi dai pirati che aveva appena raggirato. Non era certo una scelta invidiabile.

"Arrivano" li avvertì Claire Robbins, che era rimasta in attesa alla consolle, in cerca di una qualsiasi traccia della nave pirata.

Gli occhi di tutti i presenti fissarono lo schermo principale.

"Buona fortuna, Dottore" mormorò Delitsky.

L'astronave non era stata allestita su Marte né su Ganimede. Non era stata progettata per essere elegante, comoda o limitare i consumi. Era stata messa insieme con i resti di decine di altre navi con un solo proposito: essere veloce e letale.

Sfrecciò nell'orbita di Saturno a una velocità che gli ingegneri dei cantieri navali commerciali avrebbero fatto fatica a credere possibile. I suoi motori erano stati configurati per ignorare tutti i parametri di sicurezza considerati essenziali per garantire l'incolumità dei suoi occupanti.

Ma l'equipaggio della nave non era composto da persone normali. Si trattava di individui selezionati nei modi più diversi e improbabili, le cui vite si erano intrecciate per le ragioni più disparate. Provenivano da decine di pianeti differenti, anche se tutti adesso puntavano nella stessa direzione.

Guidati dal segnale subspaziale, i predoni piombarono sulla nave dei Ba-El Cratt. Alla guida non c'era un pilota esperto, nessun diplomato all'Accademia della Federazione con anni di simulazioni di volo alle spalle. Ma cosa importava, quando si poteva fare affidamento sui controlli automatici per il lavoro sporco?

Forse l'equipaggio rimase perplesso nel notare l'aspetto alieno della nave che si avvicinava, ma ogni dubbio fu presto spazzato via dal pensiero dei diamanti che si trovavano al suo interno. Passando radente sugli anelli di Saturno, la nave pirata aprì il fuoco.

L'astronave Ba-El Cratt vacillò violentemente quando i colpi dei laser impattarono contro il suo scafo. Il Dottore barcollò, riuscendo a malapena a restare in equilibrio dentro la tuta corazzata mentre il pavimento sussultava sotto i suoi piedi.

Dovette riconoscere che i Ba-El Cratt reagirono immediatamente, abbandonando il piano di attaccare la stazione Kollo-Zarnista per far fronte alla nuova minaccia. La nave si inclinò in modo allarmante e il Dottore venne scagliato contro la parete. Si rialzò di nuovo in piedi e controllò lo stato della sua tuta, mentre la nave nemica continuava a bersagliarli di scariche di energia.

Ben presto, a ogni colpo, il pavimento sotto di lui prese a rimbombare e a vibrare profondamente. Come aveva sperato, i Ba-El Cratt stavano rispondendo al fuoco.

Il Dottore annuì soddisfatto, quindi regolò le impostazioni dei suoi invertitori gravitazionali al massimo, incrociò le dita e fece un lungo respiro.

La nave dei predoni oscillò e ruotò su se stessa sotto i colpi dei Ba-El Cratt; le scariche di energia squarciavano lo spazio e scaturivano dagli anelli, eruttando in grosse sfere infuocate che disintegravano le rocce e il ghiaccio che incontravano lungo la traiettoria.

A bordo della nave pirata, la sorpresa per la violenza del contrattacco si tramutò presto in una furia cieca, che fece svanire ogni scrupolo di moderazione. I pirati fecero fuoco con tutte le armi che avevano.

Il Dottore non si era mai trovato al centro di un'esplosione tanto grande e decise che si trattava di un'esperienza che non avrebbe voluto riprovare tanto presto. Sotto i colpi al plasma dei pirati che dilaniavano lo scafo, l'astronave dei Ba-El Cratt collassò in modo silenzioso ma spettacolare. Senza più nulla che la contenesse, la pressione interna fu scaricata all'esterno e la decompressione esplosiva fece letteralmente a pezzi la nave. Gli stessi Ba-El Cratt ebbero a malapena il tempo di capire cosa stesse succedendo, prima di evaporare nel nulla, i loro resti gassosi risucchiati nello spazio prima di venire dispersi per sempre.

In mezzo a tale devastazione si trovava il Dottore. Il suo corpo fu sbatacchiato dentro la tuta pressurizzata come un piccolo sasso nel sonaglino di un bambino. Gli parve di rotolare all'infinito, mentre pezzi di scafo sfrigolavano ed emettevano scintille quando venivano a contatto con la sfera gravitazionale che proteggeva la tuta. Tutti i sensori esterni erano fuori uso, i sistemi di supporto vitale richiedevano ogni briciola di energia, concentrati come erano a mantenere in vita l'occupante della tuta.

Con enorme sollievo, la confusione cominciò a scemare e il Dottore poté riacquistare un certo controllo, che usò per modificare gli invertitori gravitazionali e arrestare finalmente la sua rotazione continua.

Con la testa che ancora gli girava, riattivò la telecamera esterna: stava galleggiando nello spazio, Saturno era una enorme sfera che vorticava sotto di lui, gli anelli si curvavano sopra la sua testa e sembravano non avere mai fine. Era completamente solo. I pirati si erano ovviamente dati alla fuga, spaventati o danneggiati dalla violenza della deflagrazione. Non restava nulla della nave dei Ba-El Cratt, nemmeno una traccia, eccetto una vaga radiazione di fondo rilevata dai sensori. Tuttavia, intorno a lui, luccicanti alla debole luce della Terra distante, fluttuavano i diamanti.

Milioni e milioni di diamanti.

Bill si sedette al posto del copilota nella cabina dello shuttle *Glamorgan*, con gli occhi incollati al finestrino in cerca di un segno che rivelasse la presenza del Dottore. Ormai, lo stavano cercando da quasi un'ora.

Inizialmente, Delitsky aveva voluto aspettare una squadra di salvataggio da Titano, ma Bill non aveva intenzione di restarsene lì seduta ad aspettare. Tobins, il pilota della navetta, era d'accordo con lei e si era dimostrato ansioso di fare il possibile per aiutare l'uomo che gli aveva salvato la vita.

Sulla stazione mineraria, il Capitano Palmer aveva fatto rinchiudere Nettleman e Rince nella stiva e stava stendendo un resoconto dettagliato per i suoi superiori. Jo aveva trasformato una parte della palestra in infermeria temporanea ed era impegnata a occuparsi delle ferite (sia fisiche che mentali) causate dai Ba-El Cratt. Delitsky cercava di supervisionare le riparazioni della stazione, tentando di rispondere allo stesso tempo a una marea di domande che provenivano dai suoi superiori della Federazione.

Avrebbe anche dovuto tenere un discorso alla cerimonia funebre che Jenny Flowers stava organizzando in memoria di Baines e dei sei uomini dell'equipaggio periti quando l'infermeria era esplosa. Bill si chiese se anche Jenloz sarebbe stato incluso nel discorso commemorativo.

L'incrociatore militare di Ganimede avrebbe dovuto attraccare entro venti minuti e Bill immaginò che a quel punto le cose si sarebbero fatte davvero complicate per Delitsky. La ragazza sperò che alla fine sarebbe andato tutto bene. Dopo tutto, era un brav'uomo.

Nel frattempo, ancora non avevano ristabilito il contatto con il Dottore. Dopo che la nave dei Ba-El Cratt era esplosa si erano susseguiti uno dopo l'altro minuti di grande tensione, ma quando il segnale regolare del trasmettitore era stato agganciato di nuovo, tutta la sala comandi era esplosa in grida di gioia.

Adesso, erano impegnati a scandagliare lo spazio infinito, in cerca di una sua traccia. Il segnale emesso dal trasmettitore subspaziale continuava a lampeggiare sul pannello di controllo e lo shuttle perlustrava l'area senza sosta, ma era estremamente difficile trovare una figura così minuscola…

"Eccolo lì!"

Bill saltò giù dal sedile quando Tobins indicò un luccichio in lontananza. Mentre la navetta si avvicinava, la figura con indosso una tuta pressurizzata alzò una mano, in segno di saluto.

Bill ricambiò, agitando un braccio.

Tobins le rivolse un sogghigno. "Sarà meglio informare la miniera." Allungò una mano verso il microfono. "Kollo-Zarnista, qui è il *Glamorgan*."

"*Vi riceviamo, Glamorgan. Lo avete trovato?*"

"Sì, lo abbiamo trovato."

"*Ottime notizie, Tobins.*" Bill sentì il sollievo nella voce di Claire Robbins. "*Come sta il nostro sopravvissuto?*"

"Piuttosto bene, da quanto possiamo vedere. Sembra che il suo sistema di comunicazione sia fuori uso. Apro la porta della stiva per farlo salire a bordo. Vi contatterò di nuovo una volta iniziato il viaggio di ritorno."

Tobins iniziò a manovrare lo shuttle per posizionarlo esattamente sotto il Dottore. Il sedile di Bill vibrò in modo sensibile quando il portellone della stiva cominciò ad aprirsi lentamente. Utilizzando i propulsori della tuta, il Dottore scese dolcemente nella stiva.

Tobins si voltò verso Bill. "Sarebbe una buona idea aiutarlo a togliersi di dosso quella tuta."

Bill sganciò le cinghie e si affrettò a lasciare la cabina, attraversando di corsa il breve corridoio che conduceva alla stiva. Attese con impazienza che il portellone esterno si chiudesse e che lo scompartimento venisse pressurizzato di nuovo.

Con un sibilo, la porta della stiva si aprì per far comparire il Dottore, che aveva già cominciato a liberarsi della pesante armatura.

Bill gli corse incontro. "Tutto bene, Dottore?"

"Oh, sai... Sono appena rimasto coinvolto in un'esplosione, ho orbitato intorno a Saturno per un'ora e probabilmente non c'è nemmeno una goccia di tè su questa astronave... Decisamente una giornata come tante."

Bill sorrise. Il Dottore stava facendo del suo meglio per sembrare il solito sbruffone, ma alla ragazza non sfuggì che gli eventi recenti avevano lasciato il segno anche su di lui.

"In realtà, comincio a credere che questa sia *davvero* la tua giornata tipo."

"Già" rispose lui, sorridendo. "Forse hai ragione."

"Dottore…"

"Sì?"

"Penso di essere pronta a tornare a casa, adesso."

Lui non rispose, ma si limitò a tenderle una mano guantata. "Prendi."

Bill protese a sua volta una mano e raccolse quello che il Dottore lasciò cadere nel suo palmo.

Bill fissò il diamante.

"Fammi solo un favore…" disse il Dottore, con voce esausta.

Lei lo guardò incuriosita. "Naturalmente."

"Una volta tornati, non dire niente a Nardole."

Bill scoppiò a ridere.

Epilogo

Laura Palmer firmò il suo rapporto e si lasciò scappare un sospiro sommesso. I primi giorni del suo nuovo turno di servizio si erano rivelati ricchi di eventi. La Federazione aveva scoperto di essere coinvolta in una guerra di cui ignorava l'esistenza e le implicazioni erano difficili da prevedere. Era stato sporto un reclamo formale nei confronti dei Cancri per le loro azioni e correvano già delle voci sul fatto che la Terra avrebbe potuto recidere ogni legame con loro, piuttosto che rischiare di compromettere i rapporti con i Ba-El Cratt. Personalmente, Laura dubitava che lo avrebbero fatto. I diamanti erano troppo importanti per l'economia terrestre. Era molto più probabile che intervenisse l'esercito per rinforzare i confini della Federazione contro un'eventuale incursione dei Ba-El Cratt. Aveva già visto una bozza di piano per una missione segreta investigativa per scoprire il pianeta natale dei Ba-El Cratt. Le cose si sarebbero complicate.

Si alzò in piedi e si stiracchiò, la schiena le doleva a causa delle ore trascorse a scrivere al proprio terminale. Aveva bisogno di fare due passi. Lasciò il comando a Harrison e si diresse verso l'area di attracco, salutando i tecnici di turno e passeggiando sulla piattaforma di atterraggio deserta, fino a raggiungere la finestra di osservazione all'estremità opposta. Volendo rispettare strettamente le regole, nessuno aveva il permesso di trovarsi lì poco prima dell'arrivo di uno shuttle, ma mancava ancora un sacco di tempo prima che Tobins arrivasse con il *Glamorgan* e i ragazzi del controllo di volo si erano abituati alle sue stranezze.

L'area di attracco era uno dei pochi posti a bordo dotati di una vera finestra. Quando la miniera scendeva al livello in cui si svolgevano le operazioni di estrazione, le finestre diventavano piuttosto inutili, proprio come i visori delle tute pressurizzate. Sarebbero state un punto debole e la sola vista offerta sarebbe stato il vortice di nubi soffocanti che costituiva l'atmosfera di Saturno.

Invece, quando la miniera si trovava a una minore profondità, per effettuare riparazioni (come in quel momento) oppure durante le operazioni di carico e scarico dei diamanti, i grossi schermi di acciaio che coprivano le finestre di osservazione venivano ritratti, per permettere all'equipaggio di avere una visibilità maggiore durante le complesse manovre di attracco e fornendo nel contempo una vista impareggiabile sul pianeta sottostante.

Quegli schermi erano adesso aperti e Laura appoggiò la fronte al plexiglass della finestra, tenendo lo sguardo fisso davanti a lei. Nonostante gli orrori a cui aveva assistito nelle ultime ventiquattro ore, la vista di Saturno bastava ancora a lenire il suo dolore. Si sporse in avanti per godere meglio della vista degli anelli. Da qualche parte, in mezzo a tanta bellezza, fluttuava tranquillamente una fortuna in pietre preziose, una nube di cristalli lucenti, attratta e plasmata dall'inesorabile forza di gravità. Con il tempo, intorno al pianeta si sarebbe formato un nuovo anello che lei avrebbe chiamato "casa".

Un anello di diamanti.

Ringraziamenti

Grazie a Justin Richards e Albert DePetrillo per avermi fatto salire a bordo.
A James Dudley e Edward Russell per avermi concesso di sbirciare nel futuro di Bill.
A Cavan e Jonny, i miei cospiratori.
A Steffan Morris per avermi fatto entrare di nuovo nel mondo del Dottore.
A Matt Doe per la sua pazienza.
A Moogie e Baz.
E grazie a Karen e al suo esercito di porcospini, per l'amore e il sostegno infiniti.

ALTRI TITOLI DELLA SERIE